U0652284

卢思浩

作品

你要去相信，
没有到不了的明天

YOU WILL BE HAPPY

湖南文艺出版社
HUNAN LITERATURE AND ART PUBLISHING HOUSE

博集天卷
CS-BOOKY

回忆里的故乡，

成了我迄今为止的自留地，

我能去往的任何地方的起点，

都是那里。

YOU WILL BE HAPPY

————

你要去相信，没有到不了的明天

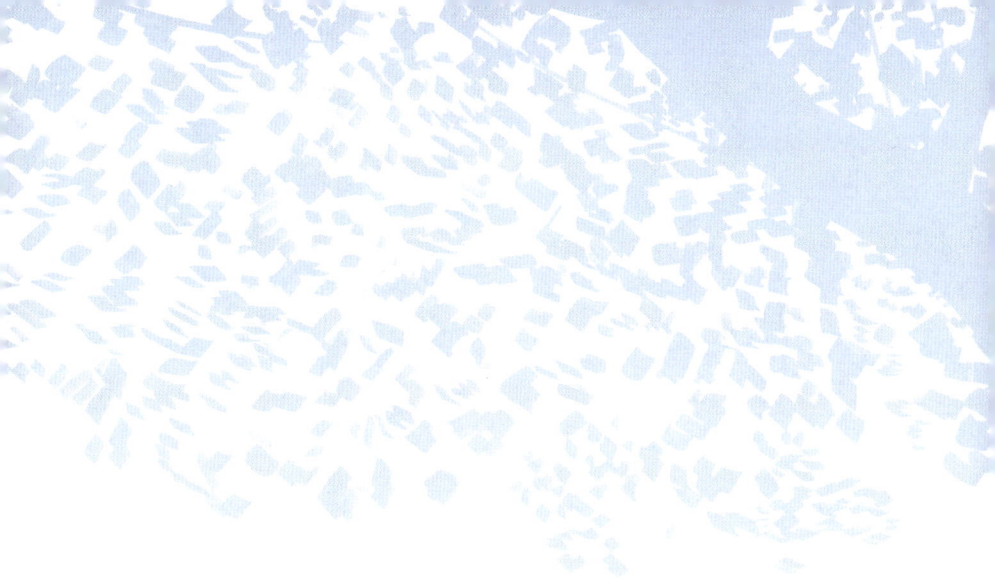

所有漂泊的人

只是为了有一天能不再漂泊，

所有流浪的人

只是为了有一天能不再流浪。

YOU WILL BE HAPPY

————

你要去相信，没有到不了的明天

这里有最蓝的天和最蓝的海，

这里有全世界最初的日升和不变的夏季，

YOU WILL BE HAPPY

———

你要去相信，没有到不了的明天

这里有最好喝的啤酒和最棒的可乐，
空气里一个个的气泡，映照出的是最清澈的你。

想成为什么样的人都可以，

你也能成为你想要成为的人。

YOU WILL BE HAPPY

————

你要去相信，没有到不了的明天

有些人遇见然后告别，

就是你们相遇的全部意义。

YOU WILL BE HAPPY

———

你要去相信，没有到不了的明天

祝你不用奔赴大海，也能春暖花开。

祝你不用颠沛流离，也能遇到陪伴。

祝你不用熬过黑夜，已经等到晚安。

如果这些都很难，祝你平平安安。

三版序

这本书首次与大家见面，是在 2013 年，在 2018 年的时候，进行了首次的增订。

十一年后的 2024 年，在重读全篇文稿的时候，我有一种与曾经的自己重逢的感受，先是有些陌生，而后又逐渐熟悉。十一年的岁月，我走过了一段不算短暂的旅途，我不再是过去的我，却又与曾经的那个自己息息相关。

我常觉得虽然每个人的青春都不同，但有一点是相似的，那就是我们实际上比自己想象中更脆弱。因为我们能够真正握在手中的东西并不多，也因为那时的我们都尚未真正地看到过世界，于是迎来的便是一次次的鼻青脸肿。然而青春也是顽强的，如同此刻依然年轻的你，拥有活力，心底也有着因为不甘心而继续向前的勇气。两者相加在一起，就构成了一条独一无二，再也无法复制的道路。

跌跌撞撞走出的道路，不一定笔直，或许弯弯曲曲，但那是最真实的足迹。所以在修订这本书的过程中，在短暂的陌生后，我理解了当时的那个自己，理解了他的脆弱，理解了他的啰唆，也理解了他的逞强。

或许也正因为脆弱，才不得不学着坚持。最初需要一次又一次地给自己鼓劲，需要一遍又一遍从各个地方汲取些许的力量，后来才能逐渐在自身中挖掘出力量，直至变得从容。

我想，所谓的坚强，大概都是从脆弱中生长出来的。

在此感谢每一位读者，感谢你们的耐心、包容和陪伴。

写作本身，像是写给世界的一封信，在那一刻，有没有收件人并不是那么重要，就好像记录生活，始终是记录给自己看的。然而这世上确实有收件人，在茫茫人海中，在匆匆忙忙中，驻足片刻，把信封打开，一点点阅读。所以我总是把读者当作亲近的朋友，既然是朋友，那便可以在这篇序中多说几句：当你拥有青春的时候，就勇敢地向上攀登；当你拥有力气的时候，就勇敢地向前迈进。我知道勇气会在很多时刻消失得无影无踪，我也知道山后头或者道路尽头的风景也总是不似我们想象中那样，但从一开始，最重要的，便是我们能够拥抱自己的敏感，向上攀登这件事本身。

我们所能开拓的世界或许不大，我们能登顶的山峰或许不多，但我们后来能拥有的所有世界，都是从那时的第一步开始的。天空是否会更宽广，你会拥有自己的答案。

最后，在这次修订的过程中，在删改和精简文字的同时，我也新增了一部分文字，放在了这本随笔集中，希望这本书不仅有从前，也能有现在，这也算是我与自己的隔空对话，希望你会喜欢。

那，我们书里见。

2024 年 7 月 8 日

再版手记

距离这本书的首次出版，已经过去了五年。

签售时会遇到很多读者，告诉我这本书陪伴了他们的低谷时期，也见证了他们的逐渐从容。我并不知晓这本书在你们的人生路上扮演了什么样的角色，只是希望在这些年里，这本书有帮助到你一点点。

或许是继续走下去的勇气，或许是重拾热爱生活的热情。我很清楚地知道身为作者，并不能跑到读者的生活里，去为你实实在在地遮风挡雨，文字能做到的，是让你知道这世界有时如此糟糕，而你依旧被陪伴着。

这本书的底色是青春，是坚持，是梦想。是尚年轻的我，给自己的一种鼓励。在人生的某个节点，我选择坚持下去，选择相信太阳每天照常升起，总有一束阳光是属于我的。或许回过头看当初的自己，是那么稚嫩且青涩，却又能看到真诚和热血，倘若没有这些，我一定走不到这里，只是在不知不觉中，我们似乎把曾经的一切弄丢了，就好像我们逐渐找不到开怀大笑的理由。

我真诚地希望这本书可以让你重新拾起曾经的自己，那个在大雨里等雨停的自己，那个看到日落会停下脚步的自己，那个笃定又认真的自己，至少拾起曾经的部分。我们一路变得坚硬，始终是为了守护心里的那份柔软。

如果这本书里的文字，能在读者阅读的时候，变成一把手电筒，变成一颗星星，变成一只萤火虫，变成任何一点类似光亮的存在，那对写作者而言，就足够了。我想，当人在黑暗中行走的时候，倘若能发现身边有萤火虫，有那么一道光，那至少在那一刻，前路可以稍稍清晰一些，能让一个人安心一些，生出一点从容的力量。继续往前走不一定会遇到好事，但能让你离目前糟糕的事远一些，能让你在生活的间隙中找到能喘息的时刻。我会觉得如果我是萤火虫，我的读者是萤火虫，我读者的朋友是萤火虫，大家都在发着自己的光，慢慢地，慢慢地，那条隧道本身就会亮起来。

倘若人生注定是一场颠沛流离，我们注定要一路兜兜转转，那么有一束遥远的光，总是一件美好的事。

这本书一直在鼓励大家，相信生活本身的力量，相信明天，或许有人说这样不负责任。但我想试着写下的，不是盲目乐观，而是踏实、平静和从容，在某种意义上，生活本身就是遇到一次次日落，又迎来一次次日出，那么如何度过黑夜，就是唯一要紧的事。

祝你我都能到达自己的目的地，并依然相信努力、热忱、真诚和梦想这些词。

也真诚地希望这本书，可以陪你走过一段让你难熬的时光。

最后，谢谢你读"我"，一千一万句感激。

2018 年 5 月 5 日 于北京

写在前面的话

2009 年初，我正式开始崭新的生活。一个人怀揣着所谓的梦想，去往一个陌生的城市。现在想来，那时常念叨着梦想的我，也许根本不明白"梦想"这两个字的含义和实现它所需要付出的代价。曾经看到一篇文章，问，如果有一台时光机能带你回到过去，你会对过去的自己说些什么。我认真地想了想，如果有一台时光机，回到最开始的那几年，我会对那个动不动就嚷嚷着要放弃的自己说一句："感谢你没有选择放弃。"

2013 年 3 月的某一天，凌晨三点半，我坐在电脑前为自己的这本书写序。还是照常地生活，还是会每周习惯性地读完一本书，还是会把自己的心情写下来与大家分享，喜欢的歌还是那几首，身边最好的朋友还是那几个，仔细想来这便是我最大的幸运。曾经我想，如果有人愿意陪着你一起做梦，就是莫大的幸福，然而更让我觉得幸运的是，这样的人不止一个。

还记得最开始，我带着近 15 万字的书稿——当然它不是现在的这个样子——去拜访那家商谈了很久的出版社。接待我的姑娘一脸笑容地看着我，说了很多欣赏的话。然后不到 15 分钟，我就离开了出版社的写字楼，没错，我被拒绝了。那天的太阳挺暖和，等着我的死党看到我的模样，没有问我结果，而是说了句："没关系，我认识的你，跌倒了也会爬起来战斗到底。"

很奇妙，很多时候你都未曾开口，可朋友就是知道你的处境，能恰到好处地说出你最需要的那句话。而一个人有时真的很脆弱，想放弃，却也会因为这么一句话重新变得勇敢。

20 多岁是一个尴尬的年纪，这一点远远出乎儿时的我的预料。小时候的我有很多梦想，喜欢坐在台阶上，看着来来往往的大人，幻想着自己在黄金年代会是一个什么样的人。只是儿时的愿望通通都没有实现，我没有成为威风的警察，没有成为匡扶正义的律师，也没有成为科学家，更没有改变世界。20 多岁的我们，好像被印上了很多不属于我们的东西。我们被迫懂得很多人情世故，我们被迫知道现实的残酷之处，伴随着我们难以实现的梦想和一触即溃的自尊，开始变得不知所措。我们想要依赖自己，却发现自己还靠不住；我们安慰自己还小，却发现身边的朋友的生活已经风生水起。我们想要依靠自己生活，却发现生活远比我们想象的困难；我们想要在黄金年代里做自己，却发现最难的就是做自己。

我想读到这里的你，应该跟我一样，有着相同的感受。回头看，我说不清自己是什么时候变得坦然的，那个脆弱的自己似乎就在眼前，可那个脆弱的自己，却走到了道路的这头。这条路当然不是一下子走完的，它布满荆棘，崎岖不平，它逼迫着你与离别相处，与孤单相处，与生命里的那些无能为力相处，到最后，我们所看清的，是道路本身，以及我们自己。这种感觉就好像，在还没踏上远方的旅途时，我们并未搞清楚什么是梦想，只有出去经历一遭，才能清楚梦想到底意味着什么。它与孤独、误解、挫折、彷徨、跌倒、碰壁这些词密不可分。

这本书里所写的，都是我遭遇这些时所感悟出来的。通过不断地读书，不断地累积，不断地经历很多从前想象不到的事情，慢慢感悟出来的。它们不一定有多么正确，很多时候甚至是只属于我自己与自己的对话，但其中确实蕴含着某种力量，让我一步步走到今天。于是我把它们都放在这里，权当给你的参考，只是想告诉你，还有路的。或许迷茫本就是生活的一部分，而思考、阅读和写作，是应对迷茫的最好方式，它能够重塑一个人，从而让他穿过一条又一条隧道。

罗曼·罗兰在《米开朗琪罗传》里说："世界上只有一种真正的英雄主义，那就是认清生活的真相后依然热爱生活。"

我想对我来说，这就是明天存在的意义，只有跌倒过才会更加明白想要坚持的是什么。这本书，记载着我的低谷和失落，记载着一直在我身边的朋友，记载着我的一点一滴，也记载着我是怎么在一次次的失落里看到太阳的。因为再一次看到了太阳，所以还能继续热爱生活。

亲爱的朋友，愿你和我一样，能再一次看到阳光。亲爱的朋友，愿你的太阳找到你，愿你找到自己的太阳，这便是我写下这本书的全部意义。

2013 年 3 月

目录　CONTENTS

一路上，
遇到的人

故乡　- 2

一路上，遇到的人　- 7

可是我在乎　- 13

我与你站在一起　- 18

年龄　- 21

因为一场雨想起的　- 25

被遗忘的人　- 32

我养了两只小猫　- 40

离开的和留下的　- 45

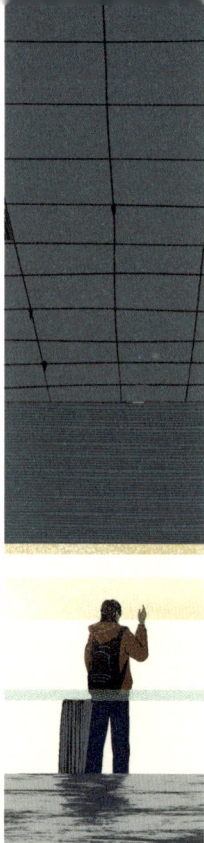

你要去相信，
没有到不了的明天

你要去相信，没有到不了的明天 - 50

每个人的青春里都有一条弯路 - 58

有关这些的回忆，我把它们统称为"旧
时光" - 63

不靠谱和很安稳 - 70

可以偶尔回头看，但要常常向前行 - 76

你想要的爱情 - 82

最是岁月留不住 - 87

只是缺少一个认真的告别 - 98

愿有人陪你颠沛流离

愿有人陪你颠沛流离 - 106

如果离别无法避免，那最好的办法就是让自己变得
更强大，能够从容地面对离别 - 110

你的梦想，还是你自己的吗？ - 118

唯有割舍，才能专注；唯有放弃，才能追求 - 125

慢慢来，反而快 - 128

要么滚回家里去，要么就拼 - 135

愿我们都被这个世界
温柔地爱着

孤独是你的必修课 - 142

你唯一能把握的，是变成最好的自己 - 148

旅行的意义 - 153

你永远不知道，在你离开家的这段时间里，
你的父母有多么想你 - 159

"为什么喜欢一个遥远的人？""因为他发
光啊！" - 164

黎明前的夜总是最黑的，但晨曦即将为等待
它的人来临 - 171

愿我们都被这个世界温柔地爱着 - 182

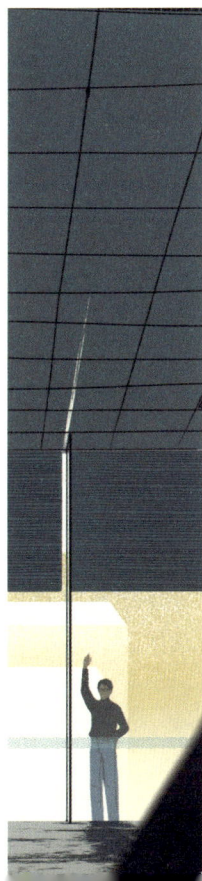

陪你到世界尽头

你在难过什么？　- 194

后来的你们，还好吗？　- 204

这世界很慌张，你要找到从容的力量　- 211

那么，为什么要坚持呢？　- 217

我们很早就分开了，但一直没有学会告别　- 223

好朋友是跟你一起浪费时间的人　- 232

你笑的时候，世界就晴了　- 238

一个人有多孤独，是无法从性格判断出来的　- 245

陪你到世界尽头　- 253

后记

路还很长，我们一起走　- 264

一路上，遇到的人

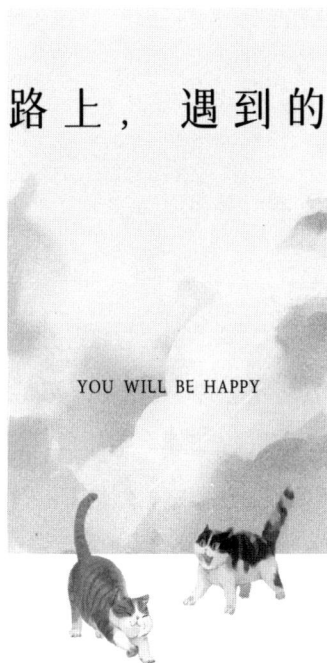

YOU WILL BE HAPPY

我这个人很固执，

比如我固执地相信相遇需要好运气。

再比如我相信，你是什么样的人，

就能遇到什么样的人。

所以我想，我一定是攒了足够的好运气，

然后走在了一条对的路上。

故乡

在我远离故乡的这些年，故乡其实也在远离我。

▶ 周杰伦《稻香》

我童年生活的地方有一座小山，与北京的香山重名，也叫香山。这座山很小，即便是童年的我，也只需要花半个多小时就能到山顶，这时候映入眼帘的风景，自然不可能是"会当凌绝顶，一览众山小"，事实上哪怕我极力眺望远方，也看不到小镇另一头的我的小学。

后来我真到了北京的香山，花了很久的时间也才看完一小部分，坐缆车的时候看到了传说中的枫叶，那瞬间确实觉得壮观，远远望过去，红色蔓延到视线的尽头。

有一年，我回到家，爷爷问我："去过北京的香山吗？"

我说："去过了。"又想了想，加了一句，说："还是咱们的香山更好玩。"

这不是客套。你知道，对于童年的回忆，没有任何道理可讲，它就是最好的；对于故乡，无论后来我们去了多少地方，它始终是最特别的。他乡是丈量故乡的尺子，越是走远，就越是发觉故乡的不可替代。

但我也知道，我最熟悉的那座香山，已经不见了。

眼前的这座山，确实是从我孩童时代起就一直存在的山，可它早已悄然改变。一次开发接着另一次开发，一个建设接着另一个建设，现在故乡的香山，也成了旅游景点，前阵子还评了级。这自然是值得开心的事，只是我这个人过于别扭，在我的记忆里，山脚下住着一户户人家，有个爱给我糖吃的阿姨，也有我的童年玩伴。我们总是在周末的时候，沿着小路爬到山顶，这条小路没有台阶，也没有扶手，路上坑坑洼洼，只有被许多人踩出的痕迹。快到山顶的那段路最难走，我通常需要手脚并用，才能从石头上翻过去，真正到达山顶。

现在的香山，远比从前热闹，也比从前漂亮。

山脚下的一户户人家不见了，取而代之的是一座公园，公园里种着梅花和樱花，两种花会在不同的时节开放。那条坑坑洼洼、弯弯曲曲的小路也被石阶取代，最上头的那段路修得很平整，再也不用手脚并用了。

所以，后来每一次看到这座山的时候，我的心情总是很矛盾，一方面它依然很特别，很熟悉，我依然可以对着来旅游的小伙伴说，这座山我从小爬到大，这里还有一汪泉水，是以前的神仙不小心把酒壶掉在了地上砸出来的泉，所以它是葫芦形状的；另一方面，它也逐渐变得陌生，我的回忆无法完全与景色相印证，怅然间会觉得，原来我已经离开这里很久了。

这样的矛盾心情逐渐延伸，我开始意识到，在我远离故乡的这些年，故乡其实也在远离我。

童年回忆中的大多数事物都逐渐远去，庄稼变成了居民楼，住在对门的邻居后来再也没见过，街边的市集在某一年彻底退场，小时候最常去的菜市场变成了一家综合性商场。这都很好很好，只是我在远方，从未一步步见证故乡的改变。

在爷爷奶奶可以对小镇的变化如数家珍的时候，我却不知道应该说什么。

我想对大多数人而言，故乡都会变得熟悉又陌生，有时突发奇想，想要寻找一丝童年的痕迹，最后赫然发现，故土仍在，可记忆里最熟悉的东西已然消失不见。也是在这个时候，我才突然意识到，漂泊的代价不仅仅是辛苦，不仅仅是孤独，还有远离的故乡。

原来即便是同一个地方，一代人也有一代人的故乡，并不完全相同。

而我在这篇文章里想写的，其实不是这些。

这世上所有的事，都会随着时间而改变，唯一不会改变的，只有时间。只不过对我们这代人而言，这种改变太过迅速，让人有时措手不及。小时候读过的诗句里说，物是人非事事休，后来才发现，有时候就连物都没法同从前一样，就好像一条旧马路会被一块块铲起，又用上新的材料一点点压平。时间就是有这样的力量，而我们恰好生活在一个日新月异的时代，在这样的时代里，哪怕是一条道路，一座村庄，一片梯田，也会很快被新的代替。

然而时间无法带走小山后头的那道晚霞，于是时间便无法彻底拿走我的记忆。

即使我们难以寻找到童年的回忆，可故土依然是故土，就算它有着再多的改变，比起他乡来，也依然更让我们觉得熟悉，依然会保持着类似的轮廓，用力一些，你能够在脑海里找到从前的画面，也能够在某些地方，看到往事的影子，看到童年的你是怎么坐在马路边眺望远方的，想着未来如同这条马路一样，怎么也看不到头。你还能感受到现在的你，有哪些没有被时间改变，有哪些依然跟曾经的你一样。于是我有了一个全新的念头，是那些改变让我们体会到了不变，是那些时间的流逝让我们明白了不朽，是那些远方的风景让我们看到了起点，是故乡的成长让我们同步看到了自己的成长。

从出版第一本书算起，哪怕不算在出版之前的写作的岁月，也已经有十一年了。十一年，无论怎么看，都是一段不短的岁月。我依然记得我最初写作时是什么样的，是从故乡所延展出去的。童年时听到的歌，童年时走过的路，或者，再大一些，学生时代听到的歌，学生时代遇到的人，学生时代走过的路，是从这些人或者事身上延展出去的。换句话说，回忆里的故乡，成了我迄今为止的自留地，我能去往的任何地方的起点，都是那里。

许久前我写过一句话：人确实不需要常常回头看，但需要知道自己从哪里来。

知道了自己从哪里来，就能清晰地看到那条通往现在的道路，于是就能够明白，我们还有力气继续往前走，倘若遇到什么难事，那以前怎么走过来的，现在就可以怎么走过去。

无论故乡如何变化，我依然知道自己是从哪里来的。

所以最后，我知道，我依然热爱此刻的故乡，即使它与我的回忆不同。

它依然有那么一座小山，依然有那么一道河流，依然能在岸边看到芦苇荡，依然有那种我们说不清道不明的熟悉的空气的味道，依然会在天气最好的夜晚看到那么几颗星星。

我依然找得到曾经的那个故乡，在每一个类似的下雨的时刻，在每一个闻到类似的空气的味道的时刻，即便我在这些时刻中，正身处远离故乡的另一边。

因为故乡住在我身上，无论我走到哪里，它都与我在一起；无论我遭遇了什么，我都能以此为起点，重新出发。

一路上，遇到的人

你所热爱的那件事，确实会让你在大多时刻都觉得孤独。

▶ 平井大 "Beautiful Journey" [1]

　　或许是我这人挺奇怪的，有时候路途中最让我印象深刻的，往往是高铁站的候车大厅或者是机场的候机大楼。我总会想，人们东奔西走，目的地都不相同，却因为种种巧合，订了相近时间的高铁或者航班，于是在人生的某个短暂的时刻，成了同路人。这个想法让我觉得世界真的很大，又让我觉得，人和人的相遇其实很奇妙，即使你们之间从来没有任何交谈，转眼也将把彼此遗忘。

　　同样的情况，也会发生在高速公路上。有一次我开长途，从苏州开去北京，路上是全国各地的车，我偶然瞥见了一辆苏州车牌的车。无聊的旅途突然变得有意思起来，当然不是说我们之间真的会有什么交流，毕竟我们都在开车嘛。但我们确实同行了很长的一段路，只不过后来到了一个分岔口，我去往北京方向，那辆车去往济

1　中译名：《美丽的旅程》。

南方向。在这样的一段长途路上，居然能遇到同乡的车，还能同路这么长一段，有一种奇妙的感觉萦绕在我心头。

这个世上确实有很多人。或许你会觉得这句话像一句废话，这个世界当然有很多人了，但这样的感慨依然会在某些时刻出现，从一种概念变成了一种实感，比如我订了一趟早班机，因为机场离住处实在太远，决心一个人先到机场过一夜，本来以为我不会遇到类似情况的人，即便有，也不会太多。

可到机场的时候，我才发觉跟我一样提前来机场过夜，等一班明天的飞机的人，居然有这么多。

我还记得那天我先是看了会儿电视剧，然后等手机快没电的时候，找了个地方充电。坐了没多久，我的肚子开始"咕噜咕噜"叫个不停，我就从包里拿了盒泡面，拆到一半的时候，我突然抬头一看，才发现坐在我对面的人，也正在拆一盒泡面。再仔细一看，好嘛，跟我的一样，都是康师傅的鲜虾鱼板面。

说到康师傅的泡面，大家的首选可能是红烧牛肉面，总之我的小伙伴们都毫无意外地不喜欢鲜虾鱼板面。没想到在机场居然能偶遇有同样喜好的人，我想，在机场过夜的人，一定会选择自己最喜欢的口味。所以，这个人一定是我的同好没错了。

很奇妙，本来是挺孤独的旅程，我一下子觉得不孤独了。

还有一些时刻，我会突然在路途中遇到一些人，在他们身上，看到曾经的自己。

第一次飞墨尔本的时候，我头都没有回，直接走进了安检区。我妈说还好我没回头，不然她肯定会觉得特别难过。其实我一直没有告诉她，我之所以没有回头，是因为在走进安检区的瞬间，就开始舍不得了。那天我坐在候机楼的座位上看着窗外的飞机起飞又降落，不知道有多少人像我一样被飞机带着远离家乡，远到在地图上看都是一段很长的距离。

几年后，同样的机场，同样的候机楼，同样漫长的等待，同样坐在座位上的我，看着窗外的飞机起飞又降落，这时候，我瞥见坐在我前头的陌生人正偷偷地抹着眼泪。她看着比我年轻，身上还背着很大的袋子，我知道，这袋子里放着的，是父母放不下的心。我当时也是一样。那是曾经的我，那是现在的她，那是无法面对离别的我们，怀着一半的留恋，一半的憧憬。然后我脑海里突然冒出一句，轻舟确实会慢慢走过万重山。

于是最近的这段时间，我脑海里突然冒出了个想法，虽然我们在日常生活中谁也免不了孤独，没人与自己的喜好相同，没人认同自己的坚持，在某些时刻，我们总是一个人沉默地赶路，但说不定这世上正有一些人跟我们有着相同的处境，只不过我们看不到彼此，而高铁、飞机、高速公路，把赶路的人都聚在了一起。于是我有了一个更进一步的想法，说不定就连孤独这件事，许多人的感受也正与你相同。

这个想法随着这些年写作的进行，逐步得到了更深的印证。

在写作的时候，我几乎没有想过这本书是特别给谁看的，如果说真有那么个人，也一定是我自己。如果在写作的同时，还得想着这里读者会不会喜欢，那里读者会不会有共鸣，那写作必然推进不下去。换句话说，我只是在笨拙地用文字表达我想表达的，至于是否会有人感同身受，这不是写作者能够掌握的事。而写作的过程，通常也是孤独的，我不可能边跟朋友聚会边写，每一个写作的时刻，我都必须安安静静地坐在书桌前，按照自己的心意，一个字一个字地写。写出的每个字，都像是写给世界的信，被包裹在厚厚的信封里。

后来随着书的出版，能够举办一些跟读者见面的活动，我才发觉，原来这世上真的有一些人，会在某一个特定的情境，一个特别的阶段，与我的感受几乎相同。有人会告诉我，有一段时间，他一个人吃饭，一个人上下班，就连节日都一个人度过；有人会告诉我，有一段时间，他也一样追忆从前，无论多么理智，也无法克制；有人会告诉我，有一段时间，她也觉得未来不会再来了，那时候她跟我一样，会自己对自己说话；有人会告诉我，她在书里读到的一句话，跟她的想法居然一模一样。比如，人生很长又很短，倘若需要靠遥远的希望，那就太长了；可倘若不靠着希望，那就太短了。

还有人告诉我，漂泊的感受就好像我写的一样，有收获可也有代价，老朋友总是逐渐减少，新朋友又没法交心。说起来梦想一开始就存在，没想到后来梦想会越来越远。说不定我们最后都没办法完全成为我们最初想成为的那个人，可如果时间倒流，还是会再来一次，因为我们最终都习得了从容，也体会到了孤独不可避免，无论怎么选择都一样。

我与大部分的读者见面的机会其实就只有这么一两次。从某种意义上来说，我们都是赶路的人，只不过在休息的时刻，就如同在高铁站或在机场一般，看到了彼此。但我们又多少比那种情况幸运，因为在萍水相逢的时候，我们之间大多没有言语，只是会自己想象着来来往往的人背后不同的人生，而文字，是等同于言语的表达，甚至比言语表达得更详细。

那么，其实你们也是我一路上遇到的人。

因此，即使我认为孤独是人生的必修课，几乎不可避免，说到底其实孤独也不见得是一件坏事，但人生的有趣之处就在于，当你能够好好地体会孤独的时候，又会觉得，其实你并没有那么孤独。

那么，就走你目前的路，赶路吧，当然了，需要休息的时候，一定要好好休息。

你所热爱的那件事，确实会让你在大多时刻都觉得孤独，但往往也是这件事，最后会让你觉得似乎从未孤独过。

我还记得有一次，从悉尼坐大巴回堪培拉。赶了一路的我疲惫不堪，更别说一路还拖着两个大箱子。到家的时候，我在门口的邮箱里发现了两张明信片，是之前在旅途中遇到的小伙伴寄给我的。一张明信片里写，后头的旅途累坏了，跟我分开后又迷路了几次。另一张里写，在旅途中很开心能遇到同路人，很开心能遇到我。

于是在那一刻，在一个十几平方米的房间里，胳膊酸痛、胡子拉碴、眼睛都快睁不开的我，跟这个世界有了一次奇妙的共振。

可是我在乎

你不屑一顾的，有人视若珍宝。

不要成为浇灭别人内心小小火苗的那个人。

(▶) OneRepublic "Secrets" [1]

一

有天傍晚，天气很好，住处附近有一所小学，正值放学的时候，街边热热闹闹，有接孩子放学的爷爷奶奶，有卖淀粉肠的小吃摊，旁边的小卖部里挤满了人，老板的店门口放满了气球，上面是各种卡通图案。

我远远看着，想着还是不要过去凑热闹了，就准备绕道走，刚走到人群外头，突然一个拿着气球的小朋友从我身后跑了过来，停在我前头。我看着他，他一脸兴高采烈的模样，一看就知道是有件特别开心的事，迫不及待地想要跟他的家人分享。他喘口气，刚准

1　中译名：一体共和乐队《秘密》。

备开始诉说，就被家长硬生生打断了。我路过他们的时候，只听到大人在说："一天天的，就知道说些有的没的，能不能干点正事？你看看谁跟你一样？"

这时候我低头看了那个小朋友一眼，看到他的嘴巴还半张着，却再也说不出任何话，整个人像是泄了气，眼神迅速地暗淡了下去，接着他低下了头，只有气球还在飘着。

这天傍晚，天气很好，火烧云就在视线的尽头，风也温柔。

本该是这样。

二

类似的画面其实常常出现。

饭桌上，有人说"你怎么连这点小事都做不好"。

聚会时，有人说"我真的搞不懂，搞不懂你怎么就这么喜欢做没有意义的事情"。

聊天时，有人说"你怎么这么没见过世面，这种东西有什么好分享的，大惊小怪"。

刚开始写作的时候，有人说"有什么好写的"，又说"你真以为你能写出什么来，有谁会在乎你的这些文字啊"。我当时没有想到任何反驳的话，兴许是我懦弱，兴许是这些话隐隐也是我自己的担忧，直到回家以后，我才意识到明明有一句很好的话可以说：

我在乎。

信息时代带来了很多好处，但有一点，我觉得是没有那么好的，那就是人们不再意识到，屏幕的另一边，是一个有着自己感受的具体的人，而不是一个账号。于是人们便不再具备耐心，也丧失了基本的边界感。在屏幕里，在开怀的那一刻，在你分享的那一刻。说话的人看不到对方的全部故事，甚至没耐心听完第一句，却又毫无自觉，肆无忌惮，指指点点。能随时给人泼一盆冷水，大概是因为他们的心从一开始就是冷的。

后来你不再分享任何故事。他们却又突然问你"怎么最近话这么少？""怎么最近不分享日常了？"。其实你的日子照样在过，你依然有想要分享的喜悦，依然有想诉说的故事、想倾诉的心情，只是不想再跟他们说了。

不如沉默。

三

之前写过一段话："更多时候，我们依然决定前行，靠的不是远

15

方的光芒万丈。实际上，我们连隧道的尽头在哪里都不知道，前头只是一片漆黑。我们之所以决定前行，是因为心里还有一丝火苗。"

就好像你一次次地背单词背到头痛也依然决定多背一个；就好像你穿梭一座城市跑东跑西只是为了把一张申请表递过去；就好像你背井离乡去往一座新的城市，在这些时刻，你不知道自己到底能走多远，但你依然义无反顾地这么做了。

因为我们不甘心，我们想要自己的生活有更多的可能；因为我们想要承担，想要试着在某个瞬间也能撑起自己和背后的亲人；因为我们的心里，始终有一丝最初的渴望，有一丝小小的火苗，渴望在还年轻的时候，还有力气的时候，能看到更多，能做到更多，哪怕碰壁也无所谓。

只是这一丝小小的火苗的存在，往往只有你自己知道。

没人在意你的想法，他们只在意自己有多么正确，哪怕他们的正确从一开始就只适用于他们自己，哪怕人人都有自己的人生和经历。

当你想要认真表达自己想法的时候，却只换来敷衍，或是更大的一盆冷水。

于是在这一刻，你才明白，站在预设立场的人，根本就没打算跟你好好说话。

我记得前段时间，看到过这样的一段对话。

"可能我说的这些对你来说没什么意思，但我就是想分享给你。"

"挺好的，虽然我不能完全理解，但感觉你挺开心的，开心就好。"

这样的对话不必时刻发生在我们的生活里。

很多时候，我们可以互相吐槽；很多时候，我们的想法会不同，也会争吵。

但这一切都不应该建立在打击对方的立场上。

我们永远可以选择认真倾听，倘若有不同的想法，也永远可以选择好好说话，再者，我们还可以选择转身离开。

这世界本就该百花齐放，每个人都有自己热爱生活的方式。

你不屑一顾的，有人视若珍宝。

不要成为浇灭别人内心小小火苗的那个人。

也不要轻易地让别人浇灭你心中的火苗。

因为你在乎。

因为一定有人也在乎。

你我共勉。

我与你站在一起

但我依然希望，你就是你，你能与自己站在一起。

(▶) Meg Myers "Running Up That Hill" [1]

我有时在想，这世上有超过 80 亿人，两个人能够相遇，成为朋友或者恋人，是一件近乎奇迹的事。因为这意味着我们能够在彼此面前尽可能地做自己，而不用担心对方会嫌弃。

这实在太难。

因为很难，所以我们中的很多人都形成了讨好型人格，换句话说，倘若能换来对方的不嫌弃，我们宁可委屈自己。比如对方喜欢赢，你就会在游戏中故意输给他；比如对方喜欢某个话题，你哪怕对此一点都不感兴趣，也会附和，喝彩，示意对方说更多；比如一群人要决定玩什么的时候，你会选择把自己的喜好按下不表，即使最终决定好的那件事让你觉得无趣，你也不会说半个不字，就为了彼此能玩到一起。

---

1 中译名：梅格·迈尔斯《奔上那座山》。

我最喜欢的美剧之一，叫作《老友记》。这部剧诠释了这世上所有类型的友情，我喜欢六个主角的状态，无论菲比的日常想法有多么天马行空，无论莫妮卡的洁癖有多严重，无论钱德勒的笑话有多不好笑，无论瑞秋的"公主脾气"有多么烦人，无论罗斯有多么执拗，无论乔伊有多么像个孩子，一点都不像大人，他们六个依然是好朋友。

在反复看了大概十遍《老友记》之后，我突然意识到，他们六个人之间，从来没有要求过对方变成另一个人，相反，在他们的相处过程中，他们总是给对方空间，让对方尽量都能做自己。也因此，他们之间的友情才能坚不可摧。

在韩剧《请回答1988》中的友情也是同样，作为天才围棋少年的阿泽，所有人都希望他的比赛能一直赢下去，只有他真正的朋友会说，你可以输，输也没关系。倘若要获得大多数人的认可，当然是非赢不可，但这背后的压力也只有你自己能承受。所以在真正的友情面前，输和赢都没有那么重要，重要的是你是否能获得快乐。

我想，我们大多数人会选择讨好别人，是因为害怕孤独，害怕不合群。

孤独在某种意义上当然可怕，尤其是在我们适应孤独之前，我们也不可能完全不与别人相处，只是我突然得出了一个全新的想法：讨好型行为换来的友情或者爱情，是真实的吗？我想，你我的答案应该都相同，不是。你换取的只是对方对自己的认可，你换取的只是对方对自己的喜欢。

这么一想，讨好型人格换来的东西，真是让人讨厌。也因此，讨好型人格换来的东西，很快就会消失，这种关系从一开始就不牢固。就好像如果我们每次挂电话的时候都在担心没有明天，那结果有很大概率就是没有明天；如果你能够时刻小心翼翼，一点都不展现自己的任何个性，那结果就是你会成为一个没有个性的人，至少在他人看来就是如此，于是你就成了一个可以呼之即来，挥之即去的人，一个可有可无的人。

这么一想，比起牺牲自尊，好像还是孤独好受一些。至少孤独的时候，我还是我。

我们的人生轨迹，从某种意义上确实取决于我们会遇见什么样的人。但到最后，我们会遇见什么样的人，始终取决于我们自己是什么样的人。你看，那么多人擦肩而过，只有挚友依然留在这里，最根本的原因从一开始就只有一个，你们的内核相同，于是步调也一致。

所以这篇文章的最后，想对你说，我理解你的痛苦，理解你的挣扎，也理解你的选择。我理解你为什么会想要讨好别人，理解你害怕孤身一人，但我依然希望，你就是你，你能与自己站在一起。

那么，我便也与你站在一起。

年龄

年龄的增长，只是在"我"这个容器里增加另一个"我"而已。

▶ 周深《光亮》

有天坐电梯，遇到一个很可爱的小朋友，我看着他，他看着我，突然他冒出一句："叔叔好。"我也点点头，说："你好。"

等回到家的时候，我突然意识到，我已经乐于接受"叔叔"这个称呼了。

想想也就是不久之前，如果发生类似的事，我大概会非常义正词严地说一句："不能叫叔叔，得叫哥哥。"

或许是因为写作的关系，我常觉得自己的年龄飘忽不定，有时候听到曾经特别喜欢的一首歌，会觉得自己还是刚听到那首歌时的年纪，眼前的景象也在重新排列组合，我能重温过去。有时候坐出租车，司机师傅乐呵呵地说："小伙子看着还很年轻。"我也没觉得这有什么问题。我跟猫咪相处起来，年龄大概能倒退十岁，我特别喜欢跟它们玩一个游戏——捉迷藏，我躲在墙角，伸出头看看它们，然后迅速缩回墙角后，看它们多久之后会来找我。

当然，无论如何，如今的我毕竟也是一个30岁朝上的人了。

能感受到岁月的痕迹的时刻，终究还是有一些。比如跟好久不见的朋友再见面，彼此都有了不小的改变，聊起过去的趣事，还有些恍惚，得在心里盘算着，那是多少年前的事了。再比如生活中遇到一些琐事的时候，心态变得从容很多，心想曾经也度过了无数焦头烂额的时刻，眼前的事总是能慢慢解决的。

再比如，身体的机能确实不如从前。

即使我如今依然喜欢熬夜，可也只能在家里熬，绝对不能出门；如果坐很久没有变换姿势，腰就会第一个抗议，前段时间我去医院一查，果然有了轻微的腰椎间盘突出；最糟糕的是不知道从何而来的牙疼，明明也算认真呵护牙齿，可还是时不时会疼，疼起来我一连几天都不想动弹。

不过，在这些能感受岁月的痕迹的时刻，我发觉自己远比想象中坦然（除了牙疼），因为我逐渐意识到，年龄的增长，只是在"我"这个容器里增加另一个"我"而已。

也就是说，我依然可以是20岁，也可以是25岁，我依然可以是那个会为了一件简单的小事快乐一整天的小朋友。当然，我也是如今的年龄，在需要从容的时候从容，在需要坚定的时候坚定，在需要负重前行的时候负重前行。

这么一想，是不是对于年龄增长这件事就没有那么恐慌了？

写到这里，突然想起很久以前的一件小事。

在我还是个小朋友的时候，逢年过节，几家子人总会聚在一起，长辈们嚷嚷着让小朋友表演节目，我也不能例外。有的小朋友真的很厉害，尤其是我姨妈家的孩子，随时可以背一首唐诗，背完之后还能展现自己的舞蹈技巧。我呢，《唐诗三百首》总也会背一些，可一旦站在大家面前，本来舌头就不太灵活，这时候就更是不听使唤，说出的话变得磕磕巴巴，于是脑子也跟着一起磕磕巴巴。

这个容易舌头打结的"我"依然会出现，真的，我都是 30 岁朝上的人了，也见过很多人，可还是会在需要"展现自我"，或者身处某一些社交场合的时候，舌头不听自己的使唤，想象中的自己应该是能畅所欲言的，应该是能对一些事情侃侃而谈的，结果，说了还不如不说。

我猜曾经的那个"我"，应该会跟我在一起很久很久吧，无论年龄怎么增长，那一面的自己始终存在。不过也因为年龄增长，新生的"我"非常能够理解曾经的那个"我"，理解那个"我"的敏感和纠结，于是可以心安理得地对自己说一句，在这些时刻，你有权利不说话，你也不必讨别人喜欢，舌头打结就打结，没事的。

这么想来，30 岁的"我"，会保护心中的那个还是孩子的"我"。

那么，明年的我，会生出什么样的"自我"呢？

我相信那个"我"，一定会与如今的"我"和平共处的，会跟过往的所有依然还在我身体里的那些"我"和平共处的。

因为一场雨想起的

无论在哪里，只要下起雨，我似乎都能被带回故乡。

▶ coldplay "Yellow" [1]

去泉州旅行之前做了许多攻略，这是一座半城烟火半城仙的城市。

旅途中最吸引我的是各色美食，倘若一座城市除了美食，还有特别的人文景色，那足以让我欢呼雀跃，在去之前的一周就开始欣喜。

我看了天气预报，盘算着那几天都是大晴天，我可以住在老城区附近，边吃边逛，慢慢悠悠。

落地的那天天气很好，我打了辆车到酒店，把行李放下，稍做休整后，抱着极大的憧憬下了楼。但还没走到门口，我就听到了外头的雨声，闻到了空气里泥土的味道。

---

1 中译名：酷玩乐队《青涩》。

……什么！居然就在我下楼的几分钟时间里，天色突变，泉州下起了倾盆大雨。

所有旅行计划都泡了汤，我只能颓然地走回房间。我坐在窗边，做什么都提不起精神，就连手机也不想打开，我就看雨，我就想看看这场大雨能下到什么时候。看着看着恍惚间觉得，好像我并不是在泉州，在一个离故乡很远的地方，我似乎就在故乡，在江苏，在张家港，在一个常常会下雨的地方。

无论在哪里，只要下起雨，我似乎都能被带回故乡。

我的故乡总是下雨。

我还记得上学时，有一年的夏天，一旦刮起风，我们都如临大敌，因为这意味着雷阵雨即将到来，来得猛烈。天色会在暴风雨来临之前陡然变黑，明明是下午三四点的天，却不见一点亮光。人们说乌云总会散去，只是在散去之前的漆黑确实让人觉得心慌。雷阵雨到来之前，会先派出风查一遍岗，那时候我所在的学校还没有翻新，教室的窗户关不严实，风一来，就把窗户吹得"吱呀吱呀"响，窗户的抵抗持续不了多久，接着遭殃的就是我们放在课桌上的试卷、作业本、教科书。现在回想起来简直是一派兵荒马乱的场面，我们一边低下头把试卷捡起来，一边还得护着桌上剩下的试卷，常常捡起一张，很快就会发现，地上又多了一张。

我也记得那时候一旦刮起狂风，老师们就会让靠窗那排的同学迅速挪窝，挪到教室中间来。我们也有了准备，把所有能拿走的东西都挪到中间。即便如此，课后还是会出现一片哀号："我的新笔袋被淋透了。""我的校服，早知道不放在桌肚里了。"……

窗户的事短期内不能解决，雨又来得频繁，我们最后的方法是把英语报纸叠起来，把窗户的每个缝隙都贴满，再用胶带缠上好几圈，只有这样，才能稍稍抵抗雷阵雨。不过嘛，毕竟是报纸，能支撑的时间不长，无论如何还是会有雨打进来。实在没办法，只能在窗边放上几把伞，不知道的还以为窗户后边是卖伞的小卖部呢。

总之在那一年，英语老师很郁闷，为什么不能贴别的东西呢……

总之在那一年，我们都很郁闷，为什么不能把窗户修好呢……

总之在那一年，雷阵雨也挺郁闷，合着你们就拿纸糊的窗户糊弄我啊……

好在后来，我就再也没有遇到过这样的事，窗户到底还是被修好了，严严实实。

我也想起了更早之前的那场倾盆大雨，当时我还在上小学。

有一天出门我没有拿伞，因为我看窗外是个艳阳天，想着拿伞多麻烦，所以就在临出门的时候，把伞放在了门口的角落里。等到快放学的时候，我顿感不妙，因为刮起了风，空气开始变得潮湿了，那熟悉的泥土气味正弥漫开来。我忍不住开始祈祷，千万不要下起雨，至少等我到家再下。可是神明从来不会在乎个人的祈祷，这世界所有的风雨也不会为了任何人延迟片刻。

这么一想，倘若你在到家的一瞬间才下起雨，这种情况不得不说是一种幸福了。

我家离学校不算太远，平常走十几分钟，转过三个路口就能到。我父母工作很忙，我也让奶奶不用来接我，我跟小伙伴边走边吃，慢慢到家刚刚好。这一天我的小伙伴带了伞，说要陪我回去，可雨实在太大，两个人撑一把伞根本不可能走到家。我就对他说，让他先回去，等雨小点我再自己回。小伙伴拗不过我，加上确实陪我等了很久，就告诉我，半小时后如果雨没有变小，他就带着他父母回来接我。我点点头。

我在校门口的屋檐下，开始了漫长的等雨变小的等待。

那时候不像现在，有手机，或者有个小天才电话手表，我无从得知时间的流逝速度，只记得自己是等了又等，等了很久。雨不但没有变小，反倒越下越大，就好像有人把天幕上的洞又戳大了一点，雨点简直连绵不绝，像是在我面前耀武扬威似的，你小子不带伞是吧，我下死你！我实在心慌，肚子也饿得咕噜咕噜直叫，心一横，决定干脆冒雨跑回家，不就十分钟的路程嘛！我深吸一口气，头一低，迅速起跑，冲进雨里。大概一分钟后，我浑身湿透地停留在了一个屋檐下……

这下完了，即使是我的小伙伴回来找我，也不知道我在哪里了，他得沿着学校绕个小半圈才能看到在屋檐下的这个渺小的我。

我心里泛起阵阵悔恨：我为什么不带伞！我为什么要跑这么一段！

读到这里的你，肯定忍不住想说，那你再跑回去啊。

亲爱的读者，你一定不知道雨有多大，我就算想跑，也得有力气啊！

更何况我真的很饿，直到今天我都还记得当时有多饿，要不是从小我妈教导我雨其实很脏，我真的会忍不住张开我的血盆大口，吞几口雨点，一来让肚子鼓一些，二来也让老天知道，不要把人类给逼急了，我可是能把雨水都吞完的！

好了，这不过是一个少年的一时愤懑。

很快我就陷入了几乎绝望的地步，没有伞，没有与别人联络的渠道，肚子还饿，简直天昏地暗，有一个瞬间，我甚至觉得这辈子我都没有办法到家了。可就在这个时候，我突然在道路的尽头看到了一个人影，那个身影走得很慢很慢，面容被伞挡住，除了手里撑着的伞，另一只手里还拿着一把伞。等等，我认出来了，那是我的伞，那个身影是我奶奶！

我兴奋地大喊起来，我奶奶也看到了我，径直走到我身边。我接过伞的时候，才看到奶奶的脸上布满雨水，衣服也早就被打湿了一片。接着我奶奶把身后的包放下，拿出一双雨鞋，让我换上。我知道这双雨鞋是我爸的，我的雨鞋前段时间就不合脚了，那阵子奶奶的雨鞋也坏了，说是等我一起去买两双新的雨鞋，就是前阵子的事。可因为我懒，也因为我贪玩，一直没陪奶奶去。这双雨鞋大了几号，奶奶说，她会一路挽着我，脚如果湿透了，走起来会更难受，也容易感冒，又说，把这两个塑料袋套脚上。

我还记得我们是怎么一路走回家的。

我们回家的方向，恰好是逆风，于是我们只能把伞斜着向前撑，这让我看不清前头的路，只能勉强看清脚下，甚至走到路口应该转弯的时候，我也浑然不觉，只知道埋着头向前走。是奶奶在一旁给我指引方向，她对脚下的大地太过熟悉，似乎只需要看到不同的沟壑，就能知道家的方向在哪里。这一点不仅仅是在雨天得到了印证，在我更小的时候，镇里不是每条路都有路灯，有许多地方漆黑一片，可我奶奶总是能穿过夜路，一次次地顺利回家。

回到家之后，我浑身冰冷，雨鞋里还是进了水，像是灌满了铅似的沉甸甸的。所以走最后几步的时候，我所能依靠的只有毅力。到家之后，我气喘吁吁，坐在凳子上休息。可我奶奶没有休息，她又是给我烧水，又是给我找感冒药。直到这个瞬间，我才意识到，我奶奶走了比我多一倍的路，我淋的所有雨，她淋了两遍。她是怎么背着雨鞋，拿着两把伞，穿着被淋透的布鞋，冒着大雨走过那段路的呢？

那场雨在我到家之后不久便停了。

电话几乎在雨停的同一时间响了起来，另一头是我的小伙伴，他着急地问："你到家了吗？你是怎么回家的？"

我就把奶奶来接我的事跟他说了一遍。

他终于放下心来，说："那就好，我到家以后看雨怎么也不像要停的样子，就拉着我妈回学校了，到了才发现你不在。我还找了你好久。"

我突然觉得，泉州的这场大雨好像也没那么糟糕了。

把这些写下来的时候，是下午五点半，窗外的雨终于小了一些。

我所在的酒店，能一眼看到泉州古城区最热闹的街，那里的招牌亮了起来，我心想应该能吃到好吃的了。四果汤，我来了！姜母鸭，我来了！

不过在这之前，我要给奶奶打个电话，告诉她，泉州下了很大的雨，现在，雨很快就要停了。

被遗忘的人

其实我们最开始都挺喜欢她的，但听多了，就不喜欢她了。

▶ 郁可唯《路过人间》

如果能够穿梭时间，回到很多年前，从我上小学的地方往东边走一百米左右，你会看到一个十字路口。十字路口的左边，你会看到一个现如今很少能见到的报亭。这个报亭干干净净，每样东西都摆放得很整齐，因为从前有一个奶奶在这里，从清晨的第一缕阳光出现到天黑之前，她都一直坐在那里。

我对那位奶奶的印象，需要一点点拼凑起来，才能够勉强成为一个整体。

最初我一点都不知道她背后的故事，只知道她是一个和善的奶奶，报亭虽然小，东西却一件不少，有报纸、杂志，当然也卖烟，还有小朋友喜欢的玩具。我是因为想玩玩具才停留在那家报亭前的，当时我没有什么零花钱，有也都用来买肉串吃了，所以囊中羞涩，也提不起勇气买玩具。那位奶奶却似乎能看穿我在想什么，从窗口把我最想要的陀螺玩具递给我，说："这个是我自己拆开玩的，你想要玩就拿去。"我接过玩了会儿，最后理智告诉我不能拿，还是还了回去。奶奶说："没事，你任何时候想来都可以。"

对了，忘了说，报亭也卖书。

只是当时的我不经常看书，让我选，我肯定选漫画，还是漫画有意思。当时常看《七龙珠》，孙悟空变成超级赛亚人，是我们每个小朋友都喜欢的一段。奶奶的报亭里放的书，却没那么有意思，光看封面都觉得像是来自遥远的过去的，如今的我也回忆不起那些书到底是什么。

可奶奶总是读书，报亭的生意从来算不上好，人们大多只是路过，偶尔驻足的除了我这样想玩玩具的小朋友，也只有去买烟的大人。我听他们的对话总是很简单，说不上几句。当时最让我觉得奇怪的是，明明之前还是有几个小朋友驻足的，后来常去那里的只有我一个小朋友了。

那个奶奶看到我来，总是会跟我聊上几句，问我上几年级，问我课本里现在教的都有些什么，问我长大以后想要做什么。关于最后这个问题，那时候的我有很多答案，有时候说我想当飞行员，有时候又说我想当警察，有时候还会说我想当英雄，当有超能力的英雄，答案的版本完全取决于我前几天在电视或者漫画里看到了什么。

每次她都会认真地听我说完一大堆，然后对我说："想成为什么样的人都可以，你也能成为你想要成为的人。"这句话太语重心长，年幼的我只是一听，从来没往心里去。

也是在这些日子的碎片里，我又构建起了对她的新印象：非常爱读书，即使是在跟我说话的时候，手里的书也没放下来过；非常和善，对我说话的语气总是很温和，眼里也带着笑意；非常整洁，每一样东西都归置得很好，报亭在道路旁边，来来往往的人有那么多，可报亭里的报纸和杂志一点灰都没沾上。

后来，我同学撞见我在报亭前跟奶奶说话，第二天一早就告诉我，不要去那边了。

我问："为什么？"

他神秘兮兮地说："那个奶奶，不好。"

我皱起眉说："什么不好？"

他摇摇头，却又一本正经，说："不知道，但大家都这么说。"

我似懂非懂，旁边听我们说话的同学也过来搭腔，反正谁也没说出个所以然来，可大家都深信不疑。幼小的我逐渐生出一个奇妙的意象，那家报亭灰蒙蒙的，里面住着的是会伪装成和善奶奶的大灰狼。

于是我也不怎么去那边了。

在六年级毕业之后，我跟着家人去了市区的初中。

当时玩得好的几个小伙伴，也要去这座城市的另外的角落。离别总是让人难过，无论是年长还是年少，难过的重量总是一模一样。我们几个人说着话，不知道怎么就哭了。那时候我们都没有手机，也没有微信，告别意味着失去联系。哭着哭着，我们想到要写同学录，把爸妈的手机号留下，可因为放暑假，学校旁边的文具店都没有开门，我们兜兜转转，走到了报亭旁边。我说："奶奶这儿肯定有同学录卖。"

朋友一边抹眼泪一边说："没关系，我家里有，跟我走。"

说话的时候我们就在奶奶跟前，我还想继续说，他们就把我拉走了。

我记得我回头看了眼，奶奶还冲我笑着打了个招呼。

初二的暑假，我跟朋友约好回学校看一看。

这时候我们都比当年懂事了些，在走出学校的时候，我突然问："你对报亭的奶奶有印象吗？"

他说："有啊，她对我很好，还给过我糖。"

我说："奶奶对我也很好，让我玩玩具，可你们为什么说她不好？"

他说："我是听我爸妈聊天提到的，说她不跟镇里的其他人来往，到现在也没结婚，没有孩子，没有家。"

然后他说："其实我们最开始都挺喜欢她的，但听多了，就不喜欢她了。"

这是我对那个奶奶的新印象：一辈子没有结婚，不跟别人来往。

直到这个时候，我依然不知道奶奶的名字。

时间一晃而过，我上了高中，比从前又懂事了一些。

我偶尔还是会在假期回到小镇看一看，只是几年的工夫，小镇又换了个模样。

我妈跟我说，小学要搬了，现在在里面上课的是最后几届学生了，所以我特地回到小学门口看了看，说实话，我有点没法把眼前的景象跟童年的记忆结合在一起。校门换了，门口的街道也变了，在那之前我从来不知道，原来一条马路也会完全改变，会变宽，会变得笔直，还会多出好几条分岔口。只有那个报亭还在，孤零零地立在那儿。

这一天，我听到了很多事，那个报亭应该同时被改建的，可奶奶不允许。我听到那个原本被人忽略的奶奶，居然一次又一次被人提起，提起的时候是嫌弃的语气。我听到了从前从未听到过的两个字——克夫。

可这两个字与我的认知有冲突，不是说那个奶奶从来没有结过婚吗？

这一天，我终于听到了奶奶的姓氏，她姓姜，姜子牙的姜。

然后我得知了部分的故事。

原来这个报亭的历史比我想象的还要久，在我还未出生的时候，在很多年前，这个报亭就在这里了，这个报亭原本不是姜奶奶的，而是一个姓程的老师的。我不知道如果那个老师还活着，会不会成为我的老师。事实上，就连我写的这一段，也是从人们的只言片语中拼凑出来的，我自己都怀疑其中有多少是真实的。那个老师很早以前就死了，说是两个人感情很好，都住在一起了，就差结婚这一步。我突然意识到为什么有些老人说起她时是用嫌弃的语气了，原来不是因为她不让报亭改建，而是因为两人曾经住在了一起，却没能真的走到一起。

我一直在听，想听更早以前的故事，也想听以后的故事。

只是那天我没能听到更多，因为人们反反复复说的都是那一件事，仿佛在姜奶奶身上再也没有别的事。

报亭后来就消失了。

因为不久以后，姜奶奶就死了。

或许这在小镇里也算是一件大事，以至于我都能听到不太熟的长辈对于这件事的讨论，以至于我的几个老同学也跟我说起这件事，以至于我听到的几个版本之间居然存在冲突。

比如对话中总会夹杂这么几句：

"一辈子也不容易，前后两次都没能结成婚。"

"也没个孩子，到老了都没人送终。"

"也不一定没有孩子，不是有人说当时她怀了孕，说不定生在外地了。"

故事到这里，其实就已经结束了，我依然没办法拼凑出一个完整的故事，只能拼凑出一个或许不太准确的轮廓。这是一个守着报亭的奶奶，只是因为这个报亭与她的爱人有关。直到最后她都在尽力让这个报亭留下来，大概也是因为这是她所能做的为数不多的与她的爱人有关的事。她总是问我学校里的事，大概是因为这与她的爱人有关。前后两次她都没能结成婚，这件事大概是事实，因为我听到的只言片语中不存在跟这件事有冲突的版本。

最后这段故事，是我从我奶奶的嘴里听到的。

奶奶只是稍微提起了一些，她说："其实报亭里的那个姜奶奶，曾经也是个老师，说起来脑子比大多数人都灵光。在第一次没能结成婚之后，她就被对方家里人缠上了，被追着骂，那些日子街坊邻居其实都很心疼她，但没有人站出来替她说话，只有那个程老师站了出来。后来他们就住在了一起，要不是突然的变故，两个人应该挺幸福的。"最后，奶奶说："再后来，她就挨了两家人的骂，一直闹个不停，说她克夫。"

我想，我能写的，也就只有这么多了。叙述不等同于真实，记忆又只有太多只言片语，毕竟我们无法穿越时间，往事只会变得模糊，又凭空增加色彩。报亭消失后，我有时会怀疑小时候是否真的看到过那个报亭。只有那句话依然清晰地存在，我猜这很难是凭空出现的回忆："想成为什么样的人都可以，你也能成为你想要成为的人。"

所以，姜奶奶在那些年，成为她想成为的人了吗？

如果她当年选择抛下那个报亭，是不是会过得更幸福一些？

这篇文字其实不该放在这本书里的，毕竟多多少少有点格格不入，同时这篇文字也不像一个完整的故事。

但我还是把这些写了下来，或许是想在记忆与梦境彻底混淆之前，把能抓住的一些碎片记录下来，哪怕它是如此支离破碎，又如此无法追寻。

或许是想告诉我自己，很久很久以前，有一个人曾那么活过。她活在我的记忆里，也同样在这个世界的许多角落里真实地存在着。

或许是因为这个世界本可以更好一些的。

仅此而已。

我养了两只小猫

我妈不太理解我为什么要养猫，我说，养了猫之后我的心态好多了。

▶ 旅行团乐队 《永远都会在》

一

因为养了猫，所以我对小区里的流浪猫格外上心些。

我当时住的小区整体是仿苏式设计，有个凉亭，有一座假山，假山下头是一个池塘。天气暖和的时候，小猫们喜欢趴在假山的石头上。靠近池塘的几块石头边趴着休息的小猫最多。我每次路过，看它们喝水的时候，都害怕小猫会摔进水里。果然有天恰好撞见一只倒霉小猫，我当时没有第一时间看到它，而是在走路的时候听到了"扑通"一声。再一扭头，一只奶牛猫从池塘里蹿回了石头上，显然惊魂未定，所以一路跑了老远，又因为速度很快，灌木丛都被它扫断了几根。兴许是猫猫也会害怕自己尴尬。

冬天对人来说很难熬，对猫来说也一样。

池塘会结冰，在冬天即将到来的时候，小区会安排人把池塘的水抽干。这下苦了那几只流浪猫，北京的冬天又冷又干，下雨的次数屈指可数，它们一下子没了水源。

也是在这个冬天，我遇见了一个奶奶，她手里拿着好几个水碗，在小区的各个角落倒上水放下。每两天她就会重复这件事，所以我常常能在同一时间段看到她。时间一久，我们也可以说上几句话，奶奶的亲人都不在身边，她说日子久了，也就没太多挂念的了，现在她每天挂念的，也就是那几只小猫。又说，熬过冬天的小猫不多。我想，等回家了，我也拿上两个碗。

二

在北京认识的小伙伴老郭告诉我，有一次他出门，偶然遇见了一只受伤的流浪猫，他第一反应是假装没看见，因为那时候的他赶着去面试，可走出了几步，还是于心不忍。既然看到了，就没法假装看不到，所以他又折了回去，把帆布袋里的文件掏出来，把小猫小心翼翼地放了进去。他双手捧着帆布袋，用胳膊夹住面试的资料，一路奔向小区门口的宠物医院。

检查没有发现什么大问题，它只是眼睛发炎，需要日常滴三次眼药水，营养也不够，需要喂一些羊奶。老郭犯了难，他从来没有养过猫，也不觉得自己能够养一只猫，对他来说，养活自己就挺难的了。但他只是纠结了一会儿，就开了药，把小猫带回了家。滴完眼药水，他用湿巾小心地把小猫的眼睛周围擦干净，喂好羊奶，一看时间，面试是怎么也赶不上了，只能打个电话说抱歉。

我去过他家，衣服堆得满地都是，人走路都挺困难。他烟瘾很大，不大的房间里放着几个红牛罐子，罐子里都是烟灰。所以当他告诉我他要养猫的时候，我第一反应是至少他得买个烟灰缸。没想到再去他家的时候，家里居然整洁无比，所有衣服都分类整理，所有家当分类归置，烟灰也少了许多。我问："你怎么突然变了个人？"他掏出口香糖边嚼边说："衣服如果不放起来，有猫毛还好说，被挠坏了才是血亏。"然后他说："没想到把家收拾一下还挺有乐趣。"

我看了眼他救回家的小猫，眨眼间它已成了一只大橘猫，有点怕人，我来的时候它就躲在沙发底下。但只要老郭掏出猫零食，它就一下子蹿出来。一人一猫，看起来相处得很愉快。

我再次去他家是三个月后，大橘猫有了名字，叫笨笨。

我说："你怎么给猫起这个名字，猫知道吗？"

他说："你是不知道，它是真的笨，一开始连猫砂盆都不会用，直接拉厨房里。是我皱着眉头把猫屎用纸巾包住，放在猫砂盆里，又把它抱到猫砂盆里，手把手地教它的。"

我接着问："新工作怎么样？"

他说："挺好的，够我俩吃的，但我还得再努力一点，争取给它喂上好一点的猫粮。"

三

我养的第一只猫叫二筒，接着养了只猫叫口袋，因为家里长辈喜欢，口袋就离开了我家，后来我又养了一只，叫元宝。

我妈不太理解我为什么要养猫，我说，养了猫之后我的心态好多了。

我妈听完"哦"了一声，我从那声"哦"里听出来，她其实还是不太理解。

这世上有许多不确定的事，但家里有两个小家伙等着你，这件事是确定的。换句话说，这是在不确定的世界里确定的陪伴。无论我多晚回家，元宝总会走到门旁边的猫抓板上，用力抓几下，表示欢迎我回家。二筒会在沙发右边的垫子上，看到我走到客厅，就从垫子上跳下来，稍显迟钝地欢迎我回家。

我也是在某个年纪之后顿悟，生活绝不会像我想象中那么好，无论是人际关系，还是对自我天赋的认知，都会让人迷茫，焦虑。它也充满了各种琐碎，一件事做完之后，总还会有下一件事。

但养了猫之后，我会在很多时刻意识到，生活也不至于像我想象中那么差。

有一天我躺在沙发上，没看手机，就专注地看着二筒和元宝，它俩都在舔毛，舔完毛之后又自顾自地就地躺下，也不睡，就发呆。

我也就跟着它们一起发呆，觉得浪费时间也没什么关系。

总有些时间是需要心安理得地去浪费掉的。

我经常日夜颠倒，于是有段时间吃饭也不规律，能应付就应付。这已经算好的，糟糕的是那些突然没有动力的时刻，我恨不得一天都躺在床上不动弹。但因为有小猫的存在，它们都还在等待着我喂粮，所以我会动起来，站起来走到客厅，给它们喂粮，然后拉开窗帘。拉开了窗帘，才发现外面蔚蓝的天，因为看到了蓝天，又突然心生了一点动力，至少我自己得好好吃饭才行。

在北京还认识一个朋友，他在家里种满了绿植。

有一天他告诉我，因为能养活一些东西，所以他也能养活自己。

那些我们花时间去陪伴的，最后也陪伴了我们。倘若生活有变好的可能性，是因为我们先一步发现了原来自己能变好。

我们所能握住的东西或许不多，但这双手，能喂饱一只小猫。

这一点成就感也至关重要。

那么，妈，你知道我为什么养猫了吗？

离开的和留下的

倘若思念来了，就在回忆里好好说说话。

▶ 朴宝蓝《惠化洞》

有一天，我走在一条平常的路上，这条路我几乎每天都走一遍。转过一个街角的时候，偶然瞥见了一个奶奶拉着一个小朋友，小朋友蹦蹦跳跳地走在路上。先前写过，因为跟妈妈姓，所以我有两个奶奶，妈妈的妈妈我叫奶奶，爸爸的妈妈我也叫奶奶。其中的一个奶奶，已经离开我很久了，久到我终于可以继续正常生活，久到我终于不会再时不时地想起那些过往的日子。即便如此，我还是会在某个时刻，在看到某个熟悉的画面的时候，想起奶奶。

去年的四月，婶婶离开了这个世界。我跟她的接触其实不多，她的皮肤晒得很黑，总是忙着农活，可无论多累，看到我来，她总是会笑着跟我打招呼，塞给我两块糖。

我特别喜欢一首歌，有段时间几乎每天都听，无数个难熬的深夜，我都是听着歌度过的，歌单里一定会有这首。在这之后的某一天，我突然看到新闻，唱这首歌的人去世了，她明明还那么年轻。

前段时间，看到读者的留言，她说："我爷爷前段时间去世了，所有人都告诉我不要太难过，可怎么可能不难过，我真的很想哭，很想什么都不做，很想不假装坚强。我爷爷是这世上对我最好的人，他对我说的最后一句话，还是害怕我在外面过得不好，想要在好起来之后给我准备我最爱吃的玉米。我真的很难过，在打这些字的时候，我都在浑身发抖。"

我一时间不知道应该说什么，可我觉得还是应该说些什么，哪怕语言在这样的时刻是那么无力。我说："你可以难过，可以哭，可以脆弱。"

思念通常是不受控制的，你不知道它会在什么时候来。在很久以前，在思念突然袭来的那些时刻，我会不知所措，可后来逐渐发现，能在回忆里见一面，也是好的。倘若思念来了，就在回忆里好好说说话。当然会难过，难过的重量从来没有因为时间的流逝而减轻半分，亲人的离去就是有这样的分量，人们说着时间会让难过被冲淡，但能被冲淡的难过里，从来不包含生老病死。

可是在难过的潮水过去之后，我总能燃起继续好好生活的愿望。

因为这愿望不仅仅是我自己的，同样也是他们的。

也是在后来，我意识到，我就是他们留下的一部分。

我的某一个习惯，我的某一个喜好，我的性格的一部分，都是因为那些爱过我的人而养成的。

那么，从某种角度而言，离开这个世界的每个人，都还有一部分活在这个世界上，因为他们就活在我身上。

所以要怎么面对亲人的离世呢？

留住你的记忆，留住你的思念，继续过好每一天，带着他们的愿望，去找到那个更好的你。

还有一件事。

很久以前，有一天，一个朋友问我："你相信离开的人会变成星星吗？"

我说："以前不信，后来信了。"

以前不信，是因为离开的人会变成星星这件事，是我很小的时候，奶奶告诉我的。就在她告诉我这件事不久后，我接触到了新的知识，我知道了那些我们肉眼能看到的星星，是来自几万光年外的恒星。那些恒星早在我们出生以前，就在宇宙中的某个角落存在着。

后来信了，是因为发生了一件事。在奶奶离开的几年后，那时候我要回家，得走过一段正在翻新的坑坑洼洼的路，两边的路灯因为检修被切断了电源，每一次路过那里，我都得把手机的手电筒打开，才能勉强看清眼前的路。那天我照常走在回家的路上，因为稿子被拒绝心情很糟，那是我花了很久写好的稿子。这种感觉就好像我们花了很多的力气，好不容易爬到山顶，却被告知必须从山脚重来一遍。在这个瞬间，我们一定会失去所有的力气，需要很久很久，才能重新鼓起力气。

幸运的是，我没有花很久，就重新鼓起了力气。

因为在走到那段路的时候，我突然发觉眼前的路虽然模糊，却能看清。我抬头看，看到了一轮明月悬挂在空中，原来这天是满月。在月亮的一旁，有那么几颗星星，一闪一闪，我突然想起了奶奶的话，恍惚间看到了奶奶。理智上我当然知道这是错觉，可毫无缘由地，我决定在走完这条路之后，从头再来。

这一刻，我知道，离开的人确实变成了星星，那些星星住在了我心里。

所以无论天有多黑，我总能看清前方的路。

你要去相信，
没有到不了的明天

YOU WILL BE HAPPY

你要把心思放在值得的人身上，

把故事说给懂的人听，把时间多留给自己。

寻找能支撑自己的东西，听一首平复心情的歌，

明日醒来，故事翻篇。

就算举步维艰，也要翻山越岭，

去自己想去的地方。

你要去相信，
没有到不了的明天

时间的一大作用，就是让我们更加认清自己。

▶ 朴树《平凡之路》

一

小学三年级有一次语文的全市统考。那次的考题很难，大家得分都挺低的，考得好与不好，完全取决于作文写得怎么样。遗憾的是我已经不记得作文题目是什么，也压根不记得自己写了什么，只记得作文得分很不错，只扣了几分。我依稀记得奶奶开心的表情，她说："哎哟，我家出了个小神童呢。"

大概从那个时候起，我就有了一股莫名其妙的自信。

语文原本是我的弱项，我当时擅长的是数学，所以那个时候的我想的是，这样我就没有短板啦。

事实上我的好运一直持续到初中，语文、数学和物理，包括化学，我都算是能基本应对，一道题不会做，看了答案，下一次遇上类似的题就会了。

我还记得那时候每个人都会有一本《新华字典》，厚厚一本，我们都会在书的侧面写上名字，我写完名字后还加了一句"我是天才"。

后来我意外发现，原来同桌的字典上也写了这四个字。

我们没有嘲笑对方，只是默契地冲对方点点头，那个时候，我们都真诚地以为自己是特别的，就像是漫画里的主角一样。

然而时间的一大作用，就是让我们更加认清自己。

上高中后，我就跟不上教科书上的进度了，我的成绩也开始直线下滑。奇怪的是，每次一看答案都会觉得，原来这道题不难啊，可下次遇到类似的题，还是不会做。

更让我觉得挫败的是语文，三年级的那次小小成绩给了我一种错觉，那之后虽然语文考试再也没有拿过高分，但我总觉得，这不是常态，我只是没有发挥好，我的常态应该是小学三年级时的那次考试。

屁咧！小学三年级的那次考试才是超常发挥好不好。

我总是把偶然的超常发挥当作常态，误以为自己在某种层面拥有才华，事实是那次的超常发挥，只是我偶然在路边捡到的金子，路边更多的，从来都是石头，我却不相信。或者说，我确实有着一点点天赋，但那仅仅适用于我的小小世界，一旦面对的世界变得更大，那点天赋便立刻不值一提了。

唯一觉得抱歉的是，奶奶啊，我终究不是你心目中的那个神童。

另外一件事，发生在大学。

我没能交到什么朋友，整体的生活比我想象中孤独得多。我曾经百思不得其解，心想明明高中的时候朋友很多，为什么到了大学，乃至于后来到了社会上，自己反倒丧失了与人结交的能力呢？

看来高中时的无话不谈，应该归功于特别的年纪，在那个时候我们都是真诚的，无论做什么都是真诚的。但度过了那个阶段后，我们便不再特别，少年意气消散得差不多，对自己的认知也逐渐变得清晰，世界也在逐渐变得复杂，时间却没有停下不走。

后来的某一天，我走在陌生的城市中，看着过街天桥，心想，明天的我，能去哪里呢？

就好像在最初的新鲜感过去之后，在自由的浪潮过去之后，你走在异乡的街道上找不到归属感，你的朋友不在身边，你怎么努力也没能靠近自己的梦想，在更多的时刻，连原本清晰的梦想也变得模糊。

那么，你或许跟我一样这么想过：明天的我，能去哪里呢？

二

再后来，我常常搬家。

搬家是个辛苦活，主要是书架上的书搬起来真是个大问题。我舍得扔掉很多东西，却舍不得扔掉书。只能一本本打包，把衣服先搬一次，把两个箱子空出来，再回头来搬书。那时候我其实没什么行李，也没什么家具，书架也是随便买的，早已经晃晃悠悠快散架，就留给了房东处理。衣服搬完，又搬了两次杂物，捎带搬了一些书，剩下的刚好能放进箱子。我心想东西也不多，能坐地铁就坐地铁，谁知道装满书的箱子那么沉，我连抬都抬不动，遇到一段只能走楼梯的路，我简直两眼一黑，心里自己对自己翻白眼。

搜了搜要搬去的新家的距离，走路两个多小时也就到了，说实话当时也能叫辆车，但我不知怎的，跟自己较劲起来，心一横，决定走过去。那时候大概全凭一股气，脑海里的念头是，我就不信我搬不过去了！

但我这常年缺乏锻炼的身体最先抗议，不拖行李箱平地走两个多小时，我都会腿疼，更何况还拖着行李箱（话说回来，行李箱质量真好啊，一路都没坏）。我一路穿过很多路口，又拐进好几条小路，坑坑洼洼的，人累得不行，一段颠簸后，手没拉住，行李箱"哐当"砸在地上，声音很大，把我自己都吓了一跳。我第一时间是担心旁边的人冲出来说"啥玩意爆炸啦"，这种情况总让我觉得无比尴尬，还好那条路上前前后后就只有我一个人。

沉重的行李箱倒下后，再扶起来也不是难事，但我丧失了那股往前冲的劲头。一旦停下来，疲惫感总是加剧，像是被人打了一拳似的，胸口平白无故多了块石头。天刚黑下来，路灯倒已经开了一段时间，这时候能看清自己的影子了。我看看自己的影子，心里想，要是影子能代替我走路就好了。

我走到新家的时间，比我预料的多了一倍。当然这是因为我后来走走停停，累了就直接坐在行李箱上。我后来之所以能燃起动力，是因为看着导航，发觉我已经走了一半的路。我到了路的这头，往那头看，能看到自己是从哪里走过来的，心想，原来我走了这么远啊。

那么，即便我还在路中间，也能走下去。

那之后，每次搬家我都会叫货拉拉，真的，我再也不想拖着行李箱走那么远了。

不过那次搬家经历给我带来了一点信心，有一次我去旅行，左拐右拐走错了路，又下了雨，打车软件叫不来车，确切来讲，我那条小路上一辆车都没有。好在我没有走太远，一看导航，走四小时也能回去。四个小时就能走回去，何况我这次没有拖着行李箱，拿伞就轻松多了，说走就走。

嘿嘿，三个半小时我就走到了。

在后来的很多时刻，过往的糟糕经验（就当时而言）都救了我一把。迷路也好，孤独也好，失败也好，我当然不希望它们再来，可它们真的再来的时候，我反倒觉得像是"老朋友们，你们又来啦"。

三

写作的很多年，顺畅的时候有，词不达意的状况更多。

下笔如有神，这种情况偶然会出现，倘若有个写作的神明，公平地讲，他偶尔也会眷顾我，但更多时候，我对着电脑，心里有许多想表达的，可就是没办法变成文字，即使能变成文字，也怎么都觉得不对劲。这种不对劲的状态，会持续很久，有时候连续一周，连续一个月，我坐在电脑前，也没能写下什么像样的文字。

说起来我已经告别学生时代很久了，但这样的情形还是会让我想起当年的那个自己，单词怎么也背不完，状态不对劲。我已经不太记得当时的我是怎么度过不对劲的状态的了，但现在的我，稍稍变得从容了些。

写不出来又想写的时候，我依然会写，哪怕写出来的是废稿，也继续写。

写不出来也不想写的时候，我就读，慢慢读完一本书。倘若连读书的状态都没有，就出门散步，把家门口遛个遍，去公园，去河边，去看看小猫。散步的时候我总是很坦然，不会逼着自己非要感悟到什么，散步就是散步嘛，能看到什么很好，什么都看不到也很好。

我现在也偶尔会想那个问题，明天的我，能去哪里呢？

明天的我，能去哪里呢？有很大概率还是在现在所在的地方吧，搞不好还是去同一家店，点同一款奶茶；去同一家书店，看看有没有想买的书；走同一条路，然后被一排共享单车挡住去路。但一定会有一些新的事物的，比如云的形状，比如可能会遇到一只新的小猫，比如新的一天新的天气，所以，我能去的地方，不是都在那里嘛。既然如此，我就一定会在某天，去到一个新的地方，开拓出一些什么的。

我之所以能够确信这一点，是因为写出的那些废稿中，总是会有一些渺小的部分，成为攀登时的路标，让我能够抓住，能够继续写下去。我猜命运有时候也会嫌我烦吧，看我一遍又一遍地敲着它的门，心想"吵死啦！我给你开一条缝吧"。换句话说，你一次次地敲响命运的门，一天又一天缓慢地向前，这件事情本身，到头来会拯救你。

曾经受过的伤，你觉得一辈子也忘不了，却还是过去了。曾经离开的人，你以为一辈子也放不下，可后来你还是会发现，原来真的没有谁离开谁就会活不下去。曾经说过的梦想，最终你也没能实现，可是你在为实现梦想而努力的过程中，找到了喜欢的那个自己。

我们来到这个世界上，在刚出生的时候，就已经哭够了，而且我们啊，谁也不能活着回去。那索性按照自己的心意，一点点慢慢走，边走边看风景。

很多年过去了，我不再是小学三年级的那个我，我深知自己的脆弱、渺小，也知道自己从一开始就不是什么天才，生活中的分道扬镳带来的无力感从某一个时刻到来之后，就再也没有离开过我。但我却比从前更相信明天的到来，相信，没有到不了的明天。我猜这是经历了漫长的等候，我随着时间一同走过了还算远的一条道路，正是因为这条道路的崎岖，我意识到，我的今天恰恰是由每日每夜度过的那些日子、写过的文章、读过的书籍、看过的电影、见到的每一个人，所有的执着所构成的。

生活的答案就在生活里，让我们改变的，是不起眼的小事；让我们走到今天的，是过往的每一刻，在当时或许我们没能察觉，但它们所连成的线，一点不差地通往了这里。时间从未停止，那么，其实你也从未停留在原地。

你要去相信，没有到不了的明天。

我们所相信的，正是此时此刻。

每个人的青春里都有一条弯路

所有漂泊的人不过是为了有一天能够不再漂泊，
能够保护自己的家人。

▶ 毛不易《一程山路》

一

很多年前，朋友暗恋一个女生，这场暗恋旷日持久，可自始至终他都没能让对方知道。我们当然愤愤不平，可他却说没关系，因为他自始至终都没有期望过对方会出现在他的明天里，只是如果时间倒流，他一样还是会喜欢她，因为在那些平凡又苦闷的日子里，是对方的存在，让他觉得世界也不坏。

暗恋的好处就是，对方的一个举动，一个微笑，就能让你莫名其妙地记住很多年。

不是所有故事都会有完美结局，或许青春在某种意义上，恰恰是离完美最遥远的东西，但不是所有不是完美结局的故事都没有意义。就好像某一天你回想起一个人，那个人让你对明天有所期待，即使后来那个人没能再次出现在你的明天里，你也不会觉得白忙一场。在对的时间遇到对的人，需要的是千万分之一的概率；在错的时间遇到对的人，只需要青春时偶然的那一眼。

二

另一个朋友，前阵子一个人结束了西藏之旅。尽管现在"西藏"像一个泛滥的名词，我们也还是无法掩饰对她的佩服。她的 gap year（间隔年）开始得轰轰烈烈，她勇敢地去了很多地方，以西藏之旅收尾。她说自己从来不是一个那么坚持、那么笃定的人，但是突然觉得，就这一次，不能再半途而废。她说，这一次要把自己以前所有没用到的倔强都用完，把所有的半途而废都弥补上。

她这么说，她也这么做了。

几个不太熟的朋友听说了这件事，羡慕她的独立，可只有我们几个朋友知道，就在不久之前，在决定去西藏之前，她刚经历了一次失败的感情，双方父母同意，订婚酒席也办了，所有人都在期待她的婚礼，可男主角却突然消失，没有人知道发生了什么，她也从没说起故事经过。我们都看得出来她难过，却不知道应该怎么安慰。

只是我们谁也没有想到，她会以这么独立强大的形象归来。她说自己已经把之前黄金年代的一部分都给了他，之后的日子不想再为他浪费了。

三

不久前，同为留学生的 M 问我，每一次在机场最让我触动的是什么。我想了会儿说，是看到留学生们离别时的感伤吧。他摇摇头说，最让他触动的是，无论那人之前的生活怎样，他的性格是懦弱还是坚强，走进海关的那一刻，即使已经泪流满面，他也不会回头。

即使是那些已经难过到抑制不住哭声的人，也绝不会回头，绝不会把自己的软弱展现在父母面前。

每到 6 月，就会有很多人绕一个大圈子，然后回国，终究是回到那个熟悉的地方。曾经我想，为什么我们绕了一大圈还是毫无例外地回到了原地？为什么明明全世界最爱我们的两个人都已经在身边了，我们还是要离开他们？

后来我才想明白，就像我常说的，所有漂泊的人不过是为了有一天能够不再漂泊，能够保护自己的家人。只有经过这样的折腾，这样一种看起来的徒劳无功，才能明白原点是一个什么样的东西。

四

　　每个人的青春都不同，可似乎总是有那么一条弯路。没能遇到走到最后的人，又常常把一秒当作永恒；没能实现最初的理想，转过头看的时候，却又发现成长的很大一部分，竟是不断地跟熟悉的东西告别，跟熟悉的人告别。可回到当初，这条弯路大概还是会走，因为在路这头的我们不相信，不相信未来会不是我们想象的那样。路的那头即使模糊不清，也在召唤着我们。到最后，梦想中的风景似乎没有出现，可这也不再那么重要了。正是因为一步步走过了这条弯路，我们才发觉自己能够勇敢，才发觉原来幸福就是一件又一件小事，是爷爷对我讲故事，是奶奶买回来的糖葫芦，是耳机里的一首歌，是跟留下的朋友说上几句话；原来幸福不是什么宏大的概念，幸福是每个能感受到自我的渺小瞬间。

　　每个人的青春里都有一条弯路，谁也无法替你走完，但未来总还在。

　　我曾经在文章里写：愿有人陪你一起颠沛流离，一起走到出头的那天，一起走到你一生那一次发光的那天。曾经也有人给我留言，说看我的文已经三年了，突然也会感觉时光飞逝。我只希望这么多年过去了，你没有觉得这些年白白度过。

所以今天想再加一句：愿有人陪你颠沛流离，如果没有，愿你成为自己的太阳。

愿你成为自己的太阳，眼前的这条弯路，总有一天会走完的。

有关这些的回忆，
我把它们统称为 "旧时光"

那时候觉得即便各奔东西也不会失去联系的人，

到最后反倒第一个失去了联系。

▶ 周杰伦《三年二班》

你发现没有，人的记忆真的很神奇，有些事你以为自己忘了，平时不会想起，可一首歌，一部电影，一个熟悉的街角，总能让那些回忆重新出现。很多事其实你一直都记得，它们永远是你记忆里的一部分，即便你站在时间的这头，在想起过往的一瞬间，也会被拉回到时间的那头。

那些突如其来的回忆，我把它们统称为"旧时光"。

高中时代大概是我所有的旧时光中，最青涩懵懂的一段。因为那段时光在我当初经历的时候是那么难熬，恨不得按个快进，能早日度过，可在未来的某天我突然回忆起那些岁月，却又发觉那样的时光，竟然是美好的。说不定真如书里所说的那样：好时光都是被浪费、被辜负的，只有在我们沉淀了岁月以后回过头来看，才能幡然醒悟，那竟是最好的时光。

那还是跟死党们互相叫着外号的年纪，还会做三角函数，还经常为了一道物理题跟同桌争得面红耳赤。课桌上堆着永远写不完的作业和看不完的教科书，头顶的风扇一直咯吱咯吱地响，让我时刻提心吊胆，担心它会掉下来，脑海中不停闪过可能会发生的血腥画面。

我常觉得青春会给回忆加上一层滤镜，而夏天就是回忆里最明亮的一张旧照片。

太阳西斜的傍晚，我总是跟最要好的朋友说着将来想要去的地方，他也每每不厌其烦地摆着他的那张臭脸，对我说还是把英语作业好好做完再说吧。而我似乎从来不在乎他的臭脸，照样说着自己的大道理。

那时候我觉得友情这东西比什么都可靠，而衡量两个人友谊的标准，就是看你能忍受住对方多少次"臭脸"。

当然，每个人在高中的时候都会有一个喜欢的人。

她是射手座，恰好她喜欢的也是五月天。你清楚记得第一次问起她生日的时候，她一脸臭屁地说："我的生日跟陈信宏的生日是同一天，就是那个写出《温柔》的阿信。"那是你第一次知道陈信宏的生日，然后没想到，从不追星的你一发不可收地喜欢了他们整整八年。

她呢，总是抱怨学校食堂的伙食太差，却容不得别的学校的人说自己学校的半点不好；她总是嚷嚷着要把手里的日记本写完，可直到高中毕业，也不过才写了九页。你有时候真的很想取笑她，却又发觉，原来你跟她一样。

那次她过生日，你想尽一切办法，费尽心思给她弄来了一张陈信宏的签名 CD，却在她面前轻描淡写地说："是朋友送给我的，正好就转手给你了。"

你们会在上课时偷偷发短信，没想到又一次，你忘记把手机设置静音，连老师都被吓了一跳，你只得一脸无奈地看着教室另一边偷笑的她。

那时候的你们还会做什么来着？对了，传字条，隔着半个教室传字条，从第一排传到最后一排，大家都嫌麻烦，却也都心照不宣。下课的时候你们会一起趴在栏杆上，只是你从没能确定她到底喜不喜欢你。后来有天你送她回家，当时的路灯很昏黄，一个光圈连接着另一个光圈，路的一半隐没在黑暗里，你想牵她的手，却怎么也没能鼓起勇气。终于，快到她家门口了，当你想要对她说一句"我喜欢你"的时候，她却像突然看穿了你一样，说："我们会做一辈子的朋友，对不对？"于是你想要说的那句话，再也没能说出口。

现在想起来，你会觉得对方一定是故意的，那时候她总能一眼就看穿你，她这个王八蛋。

她说："往后的日子，我们不知道会去哪里，也许会失去联系。"

当时你觉得她就是装大人，总爱说一些你听不懂的话。

后来你才发现，在青春的年纪里，她永远比你成熟，两个人总是有时差。

故事没有然后。

我想或许有很多人也是这样，总想着，高中毕业了怎么着也要对她说一句"喜欢你"，可后来怎么也没说出口。再后来，她去了另外一个城市念大学，联系不可避免地少了，那些感情也随着时间的流逝渐渐地被掩盖起来。直到后来有一次聚会，有人起哄让你们俩坐在一起。你那时不知道为什么来了一句："其实那时候我很喜欢你呢。"没想到，她一脸严肃地看着你说："我也很喜欢你，那时候。"

你一定也大脑空白了几秒钟，可也只是这样而已，你甚至说不清自己心里是开心还是难过。岁月是神偷，很抱歉谁也回不去了。像风吹过草原，像大雪铺满大地，转眼又是万里无云，阳光明媚，风和大雪都没留下一丝痕迹。

很久以前我以为我战胜了青春，我认真过，努力过，奋斗过，一腔热血。可后来我们说着那些我们得到的，才发现我们也同样失去了。

或许我们从来没能战胜青春这个残酷又美好的东西。

说不定在一起了，反而就没那么美好了。说不定那些回忆之所以美好，就是因为你喜欢她，她喜欢你，你们却没能在一起，于是现实从来没能打败你们；说不定那些回忆之所以美好，就是因为无论是你还是朋友都还年轻，那些生活的难，暂时都在山的另一头。

之后过了很久，朋友跟我聊起那时候我们上课偷偷看的小说要被搬上银幕了，我一下子就想起了女主角说的那句话："人生本来有很多事是徒劳无功的，但我们还是依然要经历。"

转眼几年过去了，时间飞逝得远比想象中更快。毕业后回母校，以前上课的教室仍然有人在上着课，是我最头疼的物理课；操场上、篮球场上挤满了人，那时麦迪是所有男生的最爱；走廊里男生女生在讲悄悄话。拥挤的食堂，总是坐不满的会议室，红色的教学楼，一切如常，唯一变了的只是一批又一批的学生。

我这才突然明白，原来青春一直没有变，它只是我们路过的一站，我们过了这一站就不会再遇到了，可后面还会有人陆续经过这一站。可我们经过了就没办法回去，只能远远地看着，暗自怀念不已，就像时间一直没有走，走远的是我们自己。

这样的一种无奈和徒劳，一如你当时那么喜欢她，一如她为了等你在寒风里裹着衣服站了很久，一如最后你们没有在一起；一如所有的诗词等到懂的时候，你已经不在课堂里了。

那天我们站在操场上感叹着旧时光，却看见更年轻的"我们"在拼命挥霍。一样懵懂，一样青涩，一样怀疑学习的意义，一样寻找着一条人生的捷径，一样不知道怎么开口对喜欢的人说"喜欢你"。总有人变成当初的我们，犯着当初我们犯过的类似的错误，挥霍着我们无比想回去的旧时光。

还记得那天朋友问我："如果回到过去，告诉你你遇到的那些人最后会离你远去，你付出的感情最终会被遗忘，你的努力最后大都会不知所终，梦想依然那么遥远，你还会跟以前一样吗？"

我看着她说："其实说起来，故事的结局我们早就知道了，不是吗？"她看着我，半晌没说话，突然笑了笑说："是啊。"

其实从一开始你就知道。你知道感情从来就不是你对他好他就会对你好，你知道很多事情都是徒劳无功的，那个时候的你们是那么脆弱，脆弱到没有能力完全掌握自己的未来，甚至没法确定自己能去哪里，最后在时间面前，谁也躲不过分道扬镳。

其实从一开始你就知道。你知道不是所有梦想都可以逐一实现，你知道有些人今天对你好明天就可能把你忘得远远的，你知道总有一天我们都会慢慢地变成刀枪不入的大人，你知道那些无奈的琐碎的人或事，早晚会找到我们，我们不会再肆无忌惮而又热泪盈眶。

可你依然会选择按照目前的方式度过。

奇怪呢，那时候觉得即便各奔东西也不会失去联系的人，到最后反倒第一个失去了联系。

那么接下来，还有很多日子要过。就把你的幼稚难过，把你的孤单寂寞，把你美好的不美好的、开心的失落的，把你所有关于年轻而又无知的一切，都毫无保留地送给那些在青春里陪着你的人，陪着你的朋友吧。

然后跟现在依旧陪伴在你身边的人，带着最后的一丝勇气和任性，以及那千疮百孔的梦想，一起在这疯狂的世界很努力地走下去。

很努力地走下去。

不靠谱和很安稳

我们都会找到属于自己的生活节奏，然后沉溺于其中无法自拔。

▶ 林俊杰《不为谁而作的歌》

一

我有个朋友，恋爱走过七年，最后还是分开了。那阵子他看起来跟个没事人一样，我们都以为他没那么在意，结果有天他喝醉后，一句话没说，哭了很久。第二天他醒过来，对我说了一句特文艺的话："其实在这个世界上，没有一份感情不是千疮百孔的，就好像月亮不能凑近看。"

行走世间，全是妖怪。

记得之前人人网上有一篇日志，里面的内容我已忘记了大半，却对这句话记忆深刻。后来我在文里写，青春的另外一个名字叫作徒劳。这样的一种徒劳无功，在于你无论怎么过，是挥霍还是珍惜，等到以后你回想起来，都会觉得不够好。就像你很在乎一个人，却知道你们还是逃不过分道扬镳，最可怕的就是你明明知道这一点，却没办法改变它。

我妈曾说，在不确定的情况下做任何选择，都是不靠谱的。我当时说，很多事情你在做选择的时候，本身就是不确定的，年轻的时候就要勇敢一点，因为还有爬起来的力气。

二

然姐今天突然跟我聊天，她问我："你将来是会选择一个你喜欢的，还是一个喜欢你的？"我想了很久，始终不知道应该怎么回答她。明明那个时候，我们都很喜欢一首歌，歌词里有一句"我从不怕爱错，就怕没爱过"。

歌词里打动我们的，却好像很难出现在现实里，或许也正是这个原因，我们才会被打动。

这大概是每个人在某个年龄后必然会出现的顾虑：选择一个你喜欢的，怕受伤，怕不靠谱；选择一个喜欢你的，很安稳，却又怕自己不甘心。

然姐接着说："年龄已经摆在那里了，拖不起了，还是选择一个喜欢自己的，也许会比较幸福一点。"她说："以前对我来说，梦想比什么都重要，一心就想靠近梦想，现在却什么都不想了，只想早点回家，一点也不想受累，不想做什么女强人，想随便找份稳定的工作，嫁个稳定的老公，有个稳定的家庭，听从长辈安排，按照设定，就这么算了。"

我一边听一边看着她，心里知道，其实她不会就这么算了，她总是这样，偶尔脆弱，常常勇敢。说出丧气话，其实是为了寻求内心的勇敢。

三

这些日子，常常看到你们的留言，问题不外乎怎么摆脱孤独，怎么把握未来，怎么看待梦想，往往我都不知道该怎么回答，怕词不达意，怎么说都不合适。直到元旦那天，凌晨四点了我还在赶稿子，合上电脑时我睡眼惺忪却突然明白了：那些喜欢你的总有一天会不喜欢你，那些你抓紧的总有一天会抓不住，那些你想实现的梦想也许根本实现不了，那些曾经以为无比重要的总有一天会变得不重要。

不过这些其实都没什么，很多年后，很多事情你都会忘记，最终在时间里模糊了细节。唯一能让你觉得真实和骄傲的那些，是你披荆斩棘昂首挺胸用心用力走过的人生，是你在每一段路上留下的脚印。

我也许从来就摆脱不了所谓的孤独，也看不清所谓的未来，也道不明为什么要这么努力去实现梦想，可是我依旧在做。如今的我已经能够看到梦想和现实的天堑，也知道道路的遥远，可有些事不是这样就能放弃的，也或许，即便如此，有些事情也不需要放弃。

要攀登的山顶固然很高，要等的东西似乎永远也等不到，但又有谁能确定，我这一路什么风景都看不到呢？事实上我看到了，看到了一些不那么波澜壮阔，却又足够珍贵的风景，于是这反倒成了我继续攀登的理由。

四

直到现在，我妈依然觉得写作是一件不靠谱的事情。"写没人看的书，去没人知道的地方，也没做出什么成果来，有什么意义呢？"他们总觉得我现在这样太辛苦，每天日夜颠倒，想把我弄到家附近的单位工作，在他们眼里，只有那么几个职业才是靠谱的。其实我不是没想过，回来后，离家又近又方便，生活压力也会小得多，可我还是拒绝了。没错，也许写书是挺不靠谱的，但是我觉得没什么。写作就是写作的回报，画画就是画画的回报，唱歌就是唱歌的回报。

如果人真的能做自己喜欢的事情，谁说这不是一种回报呢。在有力气的时候，总得试试，哪怕跌倒，也要看看自己跌倒在了哪里。

倘若天赋有限，就花时间，每天花两个小时看书，没时间就睡前看二十分钟，在周末把想要读的书补上。做论题一遍做不好我就做两遍，文稿要求写一万字我就写两万字然后删改。写出一篇好文是运气，如果一个人一直在写的话，那只有靠努力。更多时候，世界对你的态度取决于你对世界的态度，天赋有限，也没什么好抱怨的。

其实这都没什么，我有个朋友每天晚上八点必须看一部电影，再喝点红酒伪小清新，然后在十一点准时睡觉。住在楼上的小伙子天天早上五点就起床跑步，而那个时候我往往还没睡。住在楼下的邻居每天回家之前，总会在楼下的长椅上坐上十五分钟。

我们都会找到属于自己的生活节奏，然后沉溺于其中无法自拔。

这种节奏无关乎别人怎么看待，也无关乎是否能很快取得什么成就。

五

我不知道是不是还有很多人面临像我这样的选择。其实大多数时候，不管我们是选择不靠谱还是选择很安稳，都会面临一个很重要的问题，这个问题归根结底就是三个字——安全感。

后来我才想明白，与其担心未来，不如现在好好努力。这条路上，只有不停向前才能给你安全感。不要轻易把梦想寄托在某个人身上，也不要太在乎身旁的耳语，因为未来是你自己的，只有你能给自己最大的安全感。别忘了答应自己要做的事情，别忘了自己想去的地方，不管那有多难，有多远，有多"不靠谱"。

当你犹豫的时候，这个世界就很大；当你勇敢地踏出第一步的时候，这个世界也会随之变小，或者说，世界依然很大，但你有了自己的一方天地，这一切，就来源于最初的那一步。等到有一天你变成了你喜欢的自己的时候，谁还会质疑你的选择不靠谱呢？即便依然有质疑，那也不再重要了。说不定这世上从来就没有完全正确的选项，只有能把选择变得对自己正确的你。你已经变成更好的你了，这时候，倘若能遇到一个什么人，他也一定跟你一样，是一路披荆斩棘走到这里的。你是谁，就会遇到谁。

重要的是，不管做怎样的选择，都要对得起自己的内心。就像前面写的一样：很多年后，当你再次回想起来，唯一能让你觉得真实和骄傲的那些，是你每一天都在往前走的认真和你披荆斩棘昂首挺胸用心用力走过的人生，是你留下的每一个脚印。

可以偶尔回头看，
但要常常向前行

爱情还会再来，但主角不会再是青春里的那个了。

▶ 五月天《笑忘歌》

《泰坦尼克号》第一次上映的时间是 1997 年。

那年的我还在上小学，听说了这部电影，知道它有多么受欢迎，却不明白这艘沉没近百年的大船有着什么样的魅力。那时的我，最爱看点歌台时不时会放的《数码宝贝》和电影频道的周星驰的电影，跟玩得最好的那批小伙伴收集水浒卡、玩着弹珠，就这么迎来了 21 世纪。

转眼时间走到 2012 年，相传玛雅人预言这一年是世界末日。周星驰的电影不再频繁地出现，《数码宝贝》也不再常常更新，不再是电视机里的常客，逐渐被我们淡忘。小伙伴们早已经失去联系，即使现在通信比以往任何时候都便捷。这一年微博传言所有食品都有害，所有陌生人都不能信，2B 也不再只是铅笔。有时候我会想，也许 2012 年真的是世界末日也说不定。

这两年唯一的共通性，是一部电影，是一艘沉船，是杰克和露丝永恒的爱情故事。我第一次看《泰坦尼克号》的时候已是高中，那时候家里有了第一台电脑。电影三个多小时，看完时我不由得庆幸没有太早地看这部电影，1997 年的我无论如何都没办法看懂这部电影。

转眼 15 年过去，杰克和露丝依旧活在电影银幕上，而我们早就不知不觉地远离了曾经的自己，爱情、友情渐渐变得面目全非。这么说来不免有些难过，我们都不想承认一切都变了样，可又能实实在在地感受到所谓的物是人非。最让人感到难过的是，在所有的物是人非里，变化最多的是我们自己。

我们这些看着《哆啦 A 梦》《数码宝贝》《灌篮高手》成长起来的孩子，都会期待自己有个百宝袋，有个数码兽，能在球场上力挽狂澜，都曾经想象着有一只竹蜻蜓和一扇任意门，都曾经为了喜欢的女生像樱木一样默默做着那些让她开心的事情。

只是这些想法，都停留在了青春里，我们跟那时的我们，早已分道扬镳，转头看不见过去的影子。

曾经的我自以为是地生活着，自以为跟谁都不一样，再长大了一些又觉得过去的自己很傻，后来发现其实执着也不是一件坏事。于是在所有的岔路口，我都选择向前走不转弯。我总是对自己说，去做自己想做的事情，爱想爱的人，要相信自己的直觉，要相信世界的善意，我以为我们都会在一次次的跌倒后依然前行，没想到最后变得只笃信时间。

终于有一天，你发现，微博账号有几百几千个粉丝，人人网有几百几千个好友，电话簿里存着几百个朋友的号码，可你竟然不知道能打给谁。在失眠的夜里，在看到美景的清晨，在许多个回忆出现的瞬间，你不知道跟谁分享自己的难过抑或喜悦。

越长大越孤单，似乎是每一代人都不得不面对的课题。

我们小时候如此讨厌大人，却又和他们一样，一代又一代人在时间的洪流里不停向前，逐渐把以前的我们丢下，就像《秒速5厘米》里的那句台词那样：曾经如此真切的情感，最后竟然彻彻底底地消失了。

你明知道这部3D《泰坦尼克号》的电影剧情没有一点变化，所谓的3D技术你也根本不感兴趣，那些经典对白早就烂熟于心，你想看到的，无非是当初让你感动的感情和那些无比珍贵的记忆。即使你知道它是商家的二次利用，你也心甘情愿地为它买单。

或许我们都是这样，拥有的时候不知道珍惜，失去之后追悔莫及。我们一再地追忆旧时光，为一部部系列电影买单，为一次次的错过和分开难过，却从没想过我们挥霍的今天，正在变成以后再也回不去的旧时光。

承认吧，尽管你无比怀念那时的雨天、那时的教室，但那样的时光，过去了就是过去了，那些空气安静得像溪水，阳光洒在窗檐上的时光已经过去了。爱情还会再来，但主角不会再是青春里的那个了。

我们喜欢一种口味喜欢了几年也就换了，年少时无比喜欢的歌手也已经不再唱歌了，以前回到家就会打开的电视机已经太久没有打开了。我们每天都在告别，今天发生的种种，也不过是未来的一张旧照片而已。现在你想要铭记一辈子的东西，也许不久以后你就遗忘了。就像你现在疯狂喜欢的歌，总有一天你再也不会听。

散落在回忆里的曾经陪伴过的人们啊，你们现在在哪里？是不是偶尔也会想起曾经一起度过的日子？走失在天涯散落四方的怀念和回忆，一直埋在心底，是不是偶尔也会怀念一起疯狂的午后？回忆里的爱情呢，你还在等吗？你还在等待回忆里的人吗？

那么，那些旧时光呢？那些听过的歌，看过的电影，我们还能重温，可那些傍晚呢？每次旧时光的出现，似乎只是印证了，如今的生活有多么不如意。

是啊，现在的生活是这么不如意，可现在不就是我们在那些旧时光里最憧憬的年纪吗？10 岁刚出头的你，最憧憬的不就是 20 岁的时光吗？最想到达的年龄不就是现在吗？那么，现在的这个你到底在感叹些什么呢？

我们可以回头看，但不能常常回头。我们可以看向旧时光，但不能沉浸在其中。因为生命的美好再也无法复制，即便是 15 年后上映的同一部电影，也无法复制你当年的心境。想过去想得太多，就真的容易活在过去了。如果你一直用过去的回忆安慰现在的自己，那以后你又该怎么面对更不如意的生活呢？如果你20岁的时候还想要15岁一样的生活，那等你到了40岁的时候，该用什么填补自己的生活呢？

停下你的追忆吧，停下你的后悔不迭吧。那些黄昏，那些傍晚，那些青春，那些雨天，该回想起来的时候，该出现的时候，它们就会自己从脑海里冒出来；那些爱过的人、错过的人、离开的人，会留在心里的某一个角落，偶尔回想起来，会让你觉得自己与这个世界在以不同的旋律运转着。

诚然，那些与时间相处得很好的人，也会回忆起旧时光。但他们与我们的不同之处在于，他们回忆起从前的时候是带着微笑且从容的，哪怕旧时光再美好，再珍贵。而正是因为旧时光的珍贵，他们才更加努力地走下去，把握现在的珍贵。

让今天过得比昨天更有意义，这才是昨天存在的价值。

我们为什么要有回忆？我们为什么要去回忆？是想要在孤身一人的时候回忆起旧时光而对现在痛恨不已，自怨自艾悔不当初，还是要回忆起那些珍贵的东西，提醒你当初的自己和当初的梦想，把回忆变成勇气勇敢地走下去？

把回忆变成一种力量，才是回忆存在的价值。

为什么会有旧时光？是因为我们有着现在的时光。

我们有着现在的时光，是因为我们要更好地生活下去。

请好好守护曾经坚定的信念、曾经感动的感情、曾经灿烂的梦想，不要随便把这些丢下，否则在未来的夜里，你会因为把这些都留在了回忆里而难过不已。

永远要在当下的日子里向前走。如果你不把今天过得比昨天更有意义，那明天的到来又有什么用呢？

你想要的爱情

爱情无法定义，也无法预设，
说不定我们想要的爱情，根本就没有固定的模样。

(▶) Maroon 5 "She Will Be Loved" [1]

想起一个朋友，她是在机场跟前任分手的。那时候对方有一个很好的机会可以出国深造，但他想为了她留下来。是她替对方整理好所有的资料，收拾好所有的行李，一直鼓励他，把他一路送到机场。两个人在机场告别的时候，什么话都没说，却又好像什么话都说了。

后来我问她："你后悔吗？"

她说："或许在那个时候我真切地觉得，他过得好，他把握住这个机会，比跟我在一起更重要。现在我知道他过得很好，我也过得很好，这样其实就是最好的。"

很长的一段时间内，她都没有再恋爱。父母逼着她相亲，朋友给她介绍，她通通拒绝。她母亲问她到底想要什么样的，逼她列下

1　中译名：魔力红乐队《她将被爱》。

一些条件，迫于无奈，她还真的罗列了起来，写着写着没收住，她母亲可能只是想知道个大概，她倒是把身高体形爱好，就连爱吃的东西是什么都给列了出来。

我想她大概是想让母亲断了念头，但她低估了母亲的决心。当母亲说找到了那个人的时候，她还乐呵呵地说，怎么可能呢。结果她母亲把对方的相亲简历（是的，相亲是有简历的）拿了出来，换我朋友目瞪口呆。

"怎么会真的有每顿饭都要吃香菜的人啊！

"等等，妈，这不是你编的吧？"

她母亲说："当然不是我编的，不过简历上确实最开始没有写香菜的事，但妈替你问了，确实跟你一样爱吃。"

后来她一半是出于无奈，一半是出于好奇，真的去跟对方见了面，在双方父母的催促下，又见了几次。

再后来，我们跟她见面的时候，她说了句："好像差了点什么。"

"差了什么呢？"我们都问。

"状态。"这两个字再次让我们面面相觑，空气里弥漫着"只可意会不可言传"八个大字。

直到很久以后，她才把自己的感觉用语言描述完整：

有些人什么都好，偏偏没有办法互相理解，哪怕说了千万句话，也没法靠近彼此一点。她觉得好的风景，他觉得没有意义；她想要坚持的事情，他觉得没什么好继续的；她想要分享的心情，他觉得只是小情绪。于是两个人在一起，没有一丝共同的心情，谁也没法做自己。

最后想想还是算了，还是没办法为了别人委屈自己。或者说，为了别人更好而委屈自己的那段岁月，再也不会回来了。

所以她把那些标准通通撕得粉碎，决定听从自己内心的原则：要找到一个能互相理解的人，这种理解不是百分百的同步，而是哪怕自己并不完全了解对方的追求，也能体会到对方的心情，这是一切感情的基础，否则光是想象一下两个人在家里相顾无言的状态，都觉得窒息。

就这样，她一个人过了好几年，在前阵子才遇到了自己喜欢的人。

她笑着跟我们说："标准都是为了不爱的人准备的，因为不爱，所以强行用标准来说服自己。"

这句话我说不上来是对是错，只是想到了很多，想到了身边有些看起来天造地设的一对，最后走向分道扬镳；想到曾经不被看好的，反倒走到了最后。

我还想到了另一个朋友对异地恋的看法，他是一个坚决的异地恋反对者，连在同一个城市不同学校的恋爱也不想去谈。因为这两所学校在城市的两端，坐地铁要一个多小时的车程才能到。他怕那种艰辛，也怕激情在路途中慢慢被磨灭，更害怕爱情有一天变成遗憾。

以前看过一句话，一万个灿烂美好的未来，抵不过一个温暖踏实的现在。你在电话里说一万句"我爱你"，也抵不上在她宿舍楼下跟她见面五分钟。

他接着表达自己的观点，最难的，除了距离，还有时差。我们远渡重洋历经千山万水来到这里，这里的黄昏是国内的午后，国内的午夜是这里的凌晨，说大不大说小不小的时差，有时候却很折磨人。她刚忙完回到宿舍，你却已经躺在床上进入梦乡。

异地恋一张车票能解决的问题，在不同国家的恋人只能用一年一到两张的机票解决。每当看到异地恋抱怨着一个月才能见一次，很多人却只能羡慕不已。

然而即便是他，也不得不承认，有时候他也会隐隐相信，会有那么一个人能跟他跨越距离，度过时差的煎熬，最后走到一起。

随着年龄的增长，我逐渐意识到，这个世界上依然存在着跑得赢时差、撑得过距离的爱情，只要她相信，只要你坚持。同样，这个世界上也有近在咫尺天天见面却最终分开的爱情。

爱情无法定义，也无法预设，说不定我们想要的爱情，根本就没有固定的模样。你遇到那个人之前，不会想到你会爱上那样的一个人；在遇到那份感情之前，你也完全不会想到自己会拥抱这样的一份感情。只有等到遇到之后，你才发现自己之前的论调完全被推翻了。换句话说，这世上没有一成不变的感情，热烈的爱情也许会归于平静，平静的爱情有一天也许会热烈灿烂。这世上也没有完美的爱人，只有时间能让他逐渐变得完美，你们会不停地磨合，然后学会包容对方。

这么一想，说不定从一开始，最重要的就是你自己和你的感觉。

有人跑不过时间和距离，有人却能相隔万里也没有时差。

或许到最后，陪伴在身边的都不是符合那些标准的人，而是那些看到自己全部却没有选择离开的人。

最是岁月留不住

有些人遇见然后告别，就是你们相遇的全部意义。

▶ White Cherry "Melancholy" [1]

年少时，我们大哭一场，很多事没有回应，眼前的山高不可攀。年长后，照常工作，照常生活，偶然回头看一眼，曾经的那座高山，原来不过是个土坡。那些让你难过的事，逐渐变得不能再影响你。时间照常流淌，等回过神来，你已经不在原地了，原来所谓的释怀，只与生活本身和时间有关。

——17 岁

17 岁的你，烦恼的是什么呢？所有的小说里都说 17 岁的时光是最好的，只是这时的你觉得小说里写的都是在扯淡，他们都是在回忆，哪里还记得度过的时候有多么痛苦。你除了面临升学的压力，还面对着很多无可奈何，朋友之间莫名其妙地吵架，小团体之间或多或少地猜疑，还有，你喜欢的人总是不正眼瞧你一下。

---

1 中译名：白樱桃《忧郁》。

虽然日子总是安排得满满当当，每天早上 6 点就要起床，但晚上你还是守着手机跟朋友聊天聊到很晚。你尝试着发短信给你喜欢的那个女生，没想到她居然回了。天哪，你形容不出自己有多高兴，斟酌再三又给她发了一条短信。

只是 5 分钟没有得到回复，你就开始坐立不安，你找"她一定是在忙没有看到"之类的借口来安慰自己。慢慢地，又 5 分钟过去了，你觉得这 5 分钟简直跟一节物理课一样漫长。于是你把手机设置成了静音，为的就是想要下次假装不经意看到她回的短信。设置完你就后悔了，你发现你根本没有办法把手机放在一边不去看它，你像一个强迫症患者，过 10 秒钟就打开手机看一眼。

你终于等到了她的短信，虽然她的回答是那么简单，但是你如释重负，心都好似飘了起来。

第二天你早早起床，打开手机回味了一下，觉得今天一定是个好日子。没想到这种预感很快应验，你居然在学校门口遇到了她。她笑着跟你打招呼，你有点局促地笑笑，笨拙得不知道该说些什么，你心里暗自想：我就知道今天一定是个好日子。然后因为这次相遇，你开心了一整天。

接下来的日子，一向赖床的你，居然每天都能在闹钟响前醒过来，你妈妈啧啧称奇，不知道你的"闹钟"就是她。每次进校门的时候，你都会东张西望，期待你们的"偶遇"，她出现时，你又立刻回头假装不经意。

——19 岁

高考完的夏天，你在如释重负的同时，突然有点不知所措，就好像一个目标终于实现了，可下一个目标还没有出现。明明这个夏天不再需要早起了，可你的身体里住着一个闹钟，醒过来的时候，你心一慌，想着完蛋了，今天要迟到了，缓了缓神，你又笑了，你已经不用去那间教室了。

谢师宴上，老师们都喝得酩酊大醉，你才发现平日里看起来严肃讨厌的老师们，居然是那么可爱。语文老师喝多了，居然还说了一句："在座的男生们，有喜欢的女生的话，就赶快表白吧，晚了就没有机会了。"天知道你听到语文老师的这句话时，是多么想冲到她面前对她说"我喜欢你"。

这个夏天好像发生了很多事，可仔细一想，又似乎什么都没发生。只是你依然记得，跟最好的朋友喝醉了几次，一起抱头痛哭，说着曾经在一起的岁月，说着将来要实现的梦想。你们即将奔赴不同的大学，你对他们说，我们的友情是不会被时间和距离打败的。

当然，也依然是在这个夏天，你第一次能够跟朋友出去旅行。虽然因为时间关系，最后只有几个人同行。去那些城市旅行的时候，你们也没有按照计划行事，因为睡过头，没能去成最想去的景点；但也因为熬夜，看到了不一样的日出。清晨的第一缕光洒下来的时候，你是发自内心地开心，那时候的你以为这种开心以后会很常见，那时候的你以为这种开心来自这来之不易的日出，那时候的你还不知道，你的开心，是因为跟朋友在一起。

然后呢？然后时间一晃而过，你度过了那个戴着耳机追赶自由的夏天。

——21 岁

你的大学度过大半了，新鲜感早就远去啦，你比你想象得更加格格不入。

大学的生活怎么说呢，好像很自由，也好像一点都不自由。你没法像从前一样，自然地融入一个新的团体。你依然会常常跟高中时代最好的朋友们聊天，仿佛只有跟他们聊天的时候，你才是你自己。关于未来，好像清晰，又好像一点都不清晰，你想起高考毕业那年的夏天，明明那时候能够那么清晰地描绘自己的未来，为什么现在反倒做不到了呢？

但大学依然有一件好事发生，那就是你终于跟喜欢的人说出那句"我喜欢你"了。不同于很多人的故事开端，你的故事开端很顺利，曾经是你的闹钟的那个人，现在成了你生命里重要的一部分。

只是她不在你身边，就好像你最好的那几个朋友，也都不在你身边。你觉得归属感这东西确实存在，它不在你生活的此时此地，而在遥远的故乡，你归属于过去的高中时代。所以你是那么期待假期，期待着可以回去，可以和朋友们一起打篮球，一起胡吃海喝，也是在这些时候，你会觉得，你们的友情丝毫没有因为时间而变得遥远。

好吧，你想，虽然在大学里的时候，依然不知道自己能去哪里，不知道自己能做什么，但朋友在，爱人也在，始终值得庆祝。

——22 岁

你告别了大三，时间突然紧迫起来。

室友中有的决定先找份实习工作，有的决定考研，从这一刻就开始做起了准备，只有你不知道该选哪一边。这时候你忽然懊恼，为什么前几年不好好考虑这些呢？

你跟朋友们聊天的次数也少了很多，从前的那个群里有多热闹，现在就有多冷清。你知道他们也都站在选择的人生节点上，每个人都自顾不暇。

你非常喜欢的那个人，在这个夏天，也开始变得沉默。不仅仅是她，你也一样沉默，说不了几句话就不知道话题应该怎么继续，那些说出的话也只是干瘪地飘在空中。你越来越觉得，现实是一座大山，牢牢地压在你身上，压在她身上，压在每个人身上，随之而来的就是平等的迷茫。

生活是不停地选择，而在一个又一个选择中，没有哪种选项可以两全其美，这还不是最糟糕的，最糟糕的是你能够触碰到的选择，都不是自己想要的。你投出的实习简历，出乎意料地有了回音，那家公司不是你的第一选择，事实上你也不知道自己到底喜欢哪一份工作。如果可以，你真的想好好休息，什么都不去想，可无论是你自己，还是环境，都有一种说不清的急躁，在这种氛围里，休息似乎是不被允许的。

你试着跟朋友说起自己的想法，可发现自己说不清楚。

原来我一直都不了解自己啊，回到宿舍的你这么想，回过头望向过去，你发现自己的每一步，都像是被人安排好的，可你又说不出到底是哪里不对劲。

时间没有停下不走，于是很快，你就要走到分道扬镳的路口。

——23 岁

这是你大学时代的最后一个假期。

学校里从 6 月初就开始热闹，所有人都在拍照留念，你却没有类似的想法。你不知道这是因为你在害怕，害怕一旦要开始拍照留念了，就意味着永远失去。终于到了拍毕业照的那天，你穿上学士服，端详镜子里的自己，怎么看怎么别扭，怎么这一身看起来跟自己那么不搭。

你找到老师，用力地跟他们握了握手，这时候你已经接受了失去这个事实，所以终于决定要拍下很多照片。很多人是缓慢地告别的，你是在这个下午的瞬间告别的。跟老师站在一起的时候，你认真地说谢谢，你发觉，要感谢的，远比自己想象的多。

你的朋友都各自忙碌，没有出现，她出现了。在那个瞬间，你觉得像是回到了你们刚刚相遇的那天，一切都没有变。只是这也是瞬间的感受，在下一个瞬间，你们就都回到了现实。你问她：

"决定要走了？"她问你："你呢，还没想好找什么工作吗？"你笑笑说："想是想得很好，不过你也知道就业环境，与其说是在找工作，不如说是在大海里捞针，真难啊。"说完之后你赶紧补了句："你要好好的。"

她也笑着跟你点了点头。

就这样，她即将回到你们的家乡，你决定再努力试试。

你突然发觉，其实在这个时间点之前，你们就已经分开了，在那次彼此诉说着未来的打算，在迷茫中试着找一点可能的时候，你们就已经分开了。

这就是你们最后的对话。

为什么不再多说几句呢？你这么问自己，她也这么问自己。

这是你大学时代的最后一个夏天。

在你决定要再次整装出发，面对职场的打击之前，你想要出去旅行，去看看，你知道以后就不会有这么多时间了，也不会再有这样的机会了。你按照计划去往一座又一座城市，偶然间也会恍惚，怎么再看到日出的时候，好像也没那么开心了。

你打开手机，在群里说了句话，很快就有了回复。真好，他们还是会回应你。只是你突然想到，群里的朋友上次聚齐，已经是两三年前的事了，你跟一些人，也已经很久没有再见面。你坐在高铁上，看着窗外的风景倒退，心里想，世界真大啊，真的，很大。

——24 岁

原本以为毕业之前的那段日子，已经够兵荒马乱的，哪知道跟现在比起来，那时候简直可以算得上岁月静好。虽然你也没多喜欢岁月静好这个词。

你第一次知道，租房子居然那么麻烦，有那么多讲究；你第一次知道，房东真的没有那么和善，你住进去之后才发觉，很多东西已经坏了一半；你第一次知道，跟宿舍比起来，租来的家是那么没有归属感。奇妙的是，当初你在学校里的时候，也没有什么归属感，所有的东西都写着"暂时"二字。怎么到现在，反倒觉得，那样的日子也不错呢？

你第一次知道，公司里认识的人，是不能一上来就说心里话的；你第一次知道，学生时代的早起根本不费事，公司打卡才叫麻烦，因为你需要考虑到通勤时间，也因为你每天晚上根本就没有时间好好睡觉；你第一次知道，所谓的社会是什么玩意，人与人之间，第一准则是权衡利弊，你不知道自己在别人眼里，到底是利，还是弊。你想不明白。

还有想不明白的，是曾经坚信的准则不再适用了，努力就会有回报，真诚能换来真诚，这样的事情，几乎没有发生过。

在一天夜里，你突然情绪崩溃，你看着手机，是那么想跟曾经的朋友们，曾经的她说说话，翻着相册，心里想，为什么曾经的日子，都那么好呢？又为什么，在度过的时候，从未好好珍惜呢？

父母在这一年毫无例外地催你去恋爱，你看着他们着急的样子，突然不知道应该说什么，最后只是说了句，再等等，再等等。他们问，还等什么呢？你没有再说话。

——26 岁

时间只是走过去了两年，你觉得自己像是判若两人。

那次突然崩溃之后，你又度过了几个崩溃的夜晚。第二天你依然早早起床，去公司，像个没事人。你换了一间房子，比原来更小了，但你终于开始稍稍布置租来的小屋了。贴上想贴的海报，放着想看的书，买了一盏好看的台灯，想着尽量布置得温馨一些。

那个最热闹的群，终于不再响起任何声音，你跟其中的几个人已经不再联系。但好在还和那么一两个人保持联系，从高中毕业的那个夏天到现在，留下的人不多，但能有人留下，就足够幸运。你发觉自己的倾诉欲也少了很多，似乎很多情绪，很多事，都能自己消化了。

你偶然间会想起曾经的那个人，你不知道她如今过得怎么样，你希望她是幸福的。这一年你看到了很多冷漠，终于体会到，这世界很大，两个人，能遇见不容易。分开了，也应该心存感激。人生本就是离别的集合体，如果不珍惜每一次的相遇，那一辈子就太短了；如果分开后因为结局而否定过程，想着不如不见，那一辈子就又太长了。

终于在这一年，尽管每天依然会准时出现三次"这个破班有什么好上的"的念头，你还是比从前更适应了职场生活，坐在办公室里的你，偶尔看向窗外，发觉自己居然忘了下午时外边的天空是什么模样。你已经习惯了天花板，你已经很久没有再抬头看了。

你们的青春就这样被生活给湮没了，只是偶尔在夜深人静的时候，你还能想起和室友在寝室里互相斗嘴、叫室友帮你点名帮你带饭、经常逃课、作息黑白颠倒、想着未来什么时候才来的那些日子。你也还能清晰地想起对她表白的那个夏天，你觉得那时候的你真傻，可是又傻得很值得。

然后你突然笑出声来，那个戴着耳机追赶自由的年代居然这么像一个幻觉，原来步入职场生活后，最先告别的，就是那些热烈又无所事事的夏天。

终于你发现，那个敢爱敢恨的你就这么死在那个夏天里了。可似乎也就这样了，没有什么可惜的，也许成长的最终结果就是沉淀，最终变为平静，然后在偶然的瞬间，重新找回曾经的自己。或许这才是真的勇敢，即使知道困难，即使知道生活不如想象，即使大多数时刻都会害怕，也偶尔会想着，要努力试试。

你逐渐意识到，关于青春的感受，正像是陈信宏歌里唱的那句："青春是手牵手坐上了永不回头的火车，总有一天我们都老了，不会遗憾就 OK 了。"

正是一路上失去的太多，才会更加珍惜现在的所得。正是因为经历了这些，走过了这样的一段青春，才能真正成长、成熟，不再不安，不再患得患失，变成一个更好的人。

也许终有一天我们都会发现，我们怀念的，不过是当初的自己。那些回忆起来觉得无比美好的，在当时经历的时候一样是痛苦的，只是回忆起来，我们都把那些美化了。

有些人遇见然后告别，就是你们相遇的全部意义。也许他只留给了你一个侧影，也许他陪伴你度过了一段青春时光，就是因为有了这些，回忆起来才会有温暖自己前进的动力。

也许很久以后你再遇到他的时候，会在心里感叹一句："谢谢你，陪我走过一段很美好的时光。"

"虽然很多人没能一起走到最后，但这样也挺好。"

"因为人生的很多条隧道，我们是一起走过去的。"

只是缺少一个认真的告别

失去的未必真的失去了，得到的也未必永远都是你的。

▶ 南拳妈妈《再见小时候》

一

小时候是对着电风扇张大嘴"啊——"听颤音，小时候是转伞看雨点从伞边滑落，小时候是放学途中跟小伙伴们把石块当足球踢。

小时候是家旁边的小巷子，夕阳总是昏黄，小时候是家人坐在庭院里吃西瓜，小时候是《数码宝贝》、《灌篮高手》和《哆啦A梦》，小时候是爸妈骗你说你是垃圾桶里捡来的，让你难过不已。

小时候是天亮了起床，从家里出发，泛着大雾的城市还没有苏醒，伙伴们在路口等我，从不迟到。还没近视的我边走路边看着昨晚买来的漫画书，伙伴们在一旁说着昨晚看的动画。不一会儿，书包里的书本就让我觉得肩膀酸痛，好在校门就在不远处。

小时候是上课不会觉得很无聊，虽然数学和英语让我感到无趣，但除了为数不多的作业以外，也没有其他负担。下课时死党最爱扮演武侠电视剧里的大侠，我只好做或奸或恶的角色。而我最喜欢收集水浒卡，一百单八将当时能倒背如流，只是现在都不记得了。

放学回家的小巷子总是暖色调的，夕阳把影子拉得老长。我们总在这里驻足，玩得满头大汗，书包上布满灰尘，才意犹未尽地回家。那时，我觉得，友情是一条看不到头的边际线，可以延伸到到不了的尽头。

二

大了一些起得更早了，冬天时真的很不想起床，可没办法，还是只能乖乖起床，看着最后一点月光在黎明散去，背上沉得多的书包，骑上自行车赶去学校。路过常去的小卖部，经过一个十字路口，一转弯就到了学校。把车停好，揉揉被风吹得有点冰冷的双手，急匆匆地上楼赶去教室，没想到还是班主任先行一步。

早读下课后趴在桌子上小睡一会儿，醒过来发现阳光已经透进了教室，洒在我的座位上。早上的阳光很温柔，好像一伸手就能握紧它。

除去盛夏时突如其来的雷阵雨，其他大多数时候，下起雨，其实特别安静。听着雨点一点点打在玻璃上，下课后我们走到阳台上，谁也不说话。城市中只有雨点的声音，伴随着下雨特有的味道，让你觉得这个城市像换了一个模样。秋冬的雨，比起夏天来更加柔和，它没有那么剧烈，不会打扰你，可也让人觉得更孤独。

那时候近视了，上课总要眯着眼睛才能看清楚老师写的字。同桌总是善意地告诉我黑板上写的是什么，坐在前面的人却总是阻挡我们的视线。白炽灯偶尔会一闪一闪，伴随着灯泡即将退休时特有的声音，吱吱作响。下过雨的教室外头，总是刮起一阵阵微风。有风的时候，就能听到书页被风吹起的声音，像是波浪一阵又一阵。

经过不算长的走廊，转弯再转弯，就能到她的班级。她也在等我，我总是假装忘记带语文书去问她借，只是每次从她手里接过书的时候，我常常不知道说什么。那时候不知道什么叫喜欢，只是每次看到她的瞬间，都会觉得这是我一天里最开心的时刻。

三

再大一些的时候，起得更早了。即使是夏天，天空也只是刚从睡梦中醒来，朦胧得好像我刚睁开的双眼一样。奶奶每天早起为我做饭，妈妈则不停催促我怕我迟到。上课变得无聊又漫长，物理老师写着复杂的公式，英语老师纠正着我们的发音，而我推了推眼镜掐了掐自己的胳膊，以免在课上睡着，否则再一抬头，数学已经进展到了我无法理解的程度。

下课的时候，我们大多坐在座位上，准备下节课，或者抓紧时间写作业。很少有人会去外面的走廊里，即使今天的阳光是金黄色的。午饭的时候，得拼命抢在低年级同学的前面，走廊瞬间变得吵闹又拥挤。下雨的时候，依旧适合安静，窗外的蝉此刻也不见了踪影，空气不再是静止的，让我觉得很熟悉。城市依旧有它特有的下雨时的声音和下雨后泥土的味道。

课桌里塞满了书和试卷，再也没有地方放漫画，伙伴们聊天的内容变成了一道道化学习题。黑板的另一边贴着倒计时，我们都知道时间不多了。班上要好的小团体下课的时候也不再悄悄聚在一起，晚上总跟我发短信煲电话粥的人也约定这个月不再联系。很快，我们都要面对那即将到来的庞然大物，其实我们心里都很清楚，没有什么比学习更重要。

四

小时候的玩伴，在这个夏天给我来信。原来他也搬了一次家，原来他去了城市另一边的高中，还有他跟他最喜欢的女生分开了，也会聊到未来，一切都不确定，又都还有希望。只是那时总没有时间回信，等到有一天我想起来要回信的时候，信已经不见了，也许它跟桌底那些泛黄的照片一样，被我弄丢了吧。

放假的时候，我特地去问她借书。骑着自行车从城市的南边到北边，到她家楼下的时候已经气喘吁吁。她问我为什么毕业了还要借这本书，我不讲理地说就是想要借，以后有空了就还她。她双手把书递给我，那一瞬间我准备好的台词突然消失得无影无踪，我依旧是那个笨拙的我。夏天结束后，我们开始新一轮的生活，慢慢地联系少了，终于，我们失去联系。

7月的一天，盛夏，我很早就到了学校，死党们更早，他们在等我。

7月的学校很安静，偶尔能看到一些跟我们一样回来看看的学生。我们有着大把的时间，可以把学校好好逛个遍。操场是那时候常见的暖色调，奇怪的是它比我们上学三年时所看的更好看。我们回到以前的教室，按照上课时候的位置坐下，坐在最前面的小伙伴说，他终于可以在想回头的时候就回头了。

蝉声越来越响，原来大把大把的时间，突然变得所剩无几。天渐渐走进暮色，我们也各自回家。那是我第一次觉得，友情不是看不到头的边际线，而是漫长的跑道，终有一天会到头的。

五

这个世界上有很多事是难以说清的，比如天空的颜色和大海的温度，比如夏夜晚风里面刻着的那种感觉，或者是某个出现在生命里的很重要的人，然后不知不觉又弄丢了某个人，比如一个人穿过几座城市去看一场演唱会，陪着台上的五个人一起淋雨，比如恍然间出现的一些情绪和思念。

错过的一些东西总觉得并不是真正地错过了，忘记的那些东西也会觉得并不是就那样消失了，它们好像变成了音符融化在脑海里，在未来的某一个时间点，我们会突然想起来那些忘记的事情，那些音符和旋律终于合成了一首歌，然后我们终于可以笃定地对自己说，没错，就是因为那些事情，自己才变成了现在的模样。

每个人都会有回忆，也有遗憾。在那些没有结局的故事里，似乎总少了一个煞有介事的告别。或许还会想着"如果当初……"，如果当初我没有搬家，如果当初我勇敢一点，如果当初告别前能再努力一点，或许我不会跟小时候的玩伴失去联系，或许我会跟她肩并肩坐着分享人生。

只是我想，没有经历那些"如果"也没关系。失去的未必真的失去了，得到的也未必永远都是你的，更何况即使重来一遍，我也不知道应该怎么做才能避开离别。

我想要重新跟记忆里那些错过的人很认真地告别，尽管我早就已经把你们从生活中弄丢了。

愿那些错过的人，经历了颠沛流离之后，还能再度相逢。

愿我们没能实现的梦想，在最无助难过的时候，开出最灿烂的花来。

愿那些没能珍惜的青春和回忆，在经历了成长的阵痛之后，我们能在心底认真而又平静地告别。

是的，我们都不再青春了，连同我们的偶像都一起老了，但只要信念还在，那也不会怎么样，我们依旧可以前行。

愿有人陪你颠沛流离

YOU WILL BE HAPPY

我们一路战斗，不是为了成为别人，

而是为了成为自己。

而我们能成为什么样的人，

取决于我们看了多少书，

走过多少路，遇过多少人。

以及是否有为喜欢的事努力过。

愿有人陪你颠沛流离

所谓的选择，就意味着无论选择哪一个，都有代价。

▶ 小红莓乐队 "Never Grow Old" [1]

一天晚上，我收到朋友的邮件，他问我怎样可以最快地摆脱寂寞。我想了想，不知道怎么回答他，因为我从来没有摆脱过寂寞。我只能去习惯它，就像习惯身体的一部分。

其实漂泊异地的人都挺不容易的，朋友少，几乎没有人能好好说上几句话，每天学校（公司）——家，家——学校（公司），两点一线。可是我知道这样回答他没有什么用，所以我想了想说："我跟你一样，有时也觉得生活糟糕得难以继续，却又在更多时刻佩服人们的忍耐力。无论今天多么痛苦难熬，明天都会如约而至，就好像树只要扎了根，无论冬天多么寒冷，春天一到，就会枝繁叶茂。所以我们都需要一点信念，无论今天多么彷徨迷茫，最终，我都要过上我想要的生活，就这点信念，时刻提醒自己。能往前走走，就往前走走。"

---

1 中译名：《青春永驻》。

前几天这里下了很大的雨，我宅在家里，烦恼着各式各样的论题，突然看到了好友发来的信息，开始聊天。最开心的时候，还是对着许久不见的朋友吐槽聊天。即使很久没见，也不会感到一点生疏，只有这时候才觉得，距离也不是那么重要了。如果有人愿意在你孤身一人的时候，与你分享彼此的快乐或者不幸的遭遇，那么即便现在你是一个人，即便你们相隔万里，你也能感觉到陪伴，就像在面对面地促膝谈心。

如果有人在你最难过、最美好、最容易被辜负的时光里陪你走过那么一段，陪伴在你的身旁，那么无论将来那个人变成什么样子，他还是不是你最好的朋友，你都没有办法把这个人割舍下。即便最后分开，甚至变成陌生人，也会对他心存感激。因为太多时候，交谈本身已是一种莫大的温暖和美好。

你知道梦想这种东西太过冷暖自知，太多时候都会觉得自己只是在钢索上孤单地前行着，所以才会更加明白一句鼓励是多么重要，才更加明白那些愿意陪着你一起做梦的人是多么难能可贵。

年轻的我们，总是被很多不知从何而来的情绪干扰，不可避免地感到孤单和困扰，同时也没那么容易安定下来，所以我们义无反顾地离开家，去追寻自己想要的生活。虽然这样会让自己觉得青春很痛苦，远离安稳，远离熟悉的人和事，可这都是没有办法的事，从一开始，所谓的选择，就意味着无论选择哪一个，都有代价。

有时候你需要真正地颠沛流离，才能觉出生活的不易和艰辛，察觉出这些并不是让你学着自暴自弃，而是获得一种随着成长而得到的心平气和。在这条路上，你会被伤害、被拒绝，之后会变得更坚强，更珍惜现在得到的一切。在某个特定的时间段，你需要离开，需要前行，因为你的憧憬，也因为你生来就是会飞的鸟。旅途从来不会是一帆风顺的，更多时候，旅途的意义不在于你拍了多少照片，买了多少纪念品，去了哪些地方，而在于你经历了多少难忘的瞬间，是不是看到了不一样的自己，为自己的回忆这本书增加了多少厚度。

其实受伤害也不见得是天大的坏事，在很多时刻难以避免，重点在于你是不是能够在跌倒之后重新站起来。你是一个怎样的人，不在于你跌倒了多少次，而在于你站起来重新来过多少次。

生活没有那么多原因，也许几年后你回过头来看，才发现自己的改变来源于看似不经意的小事，等到那时候，其实梦想已经握在你手中了，实现不实现，它都在那里，因为你已经找到了最好的自己。就算这个世界真的是一个疯狂的世界，就算最后我也只是一个一事无成的我，我也觉得没有什么大不了的。我知道自己努力过，更何况，我真的感觉到，有这么多人跟我一起在为了各自的梦想努力着。

那天看《玛丽和马克思》，看到最后一段对白，毫无意外地被感动了：

我原谅你是因为你不是完人，你并不是完美无瑕，而我也一样，人无完人，即便是那些在门外乱扔杂物的人。我年轻时想变成任何一个人，除了自己，伯纳德·哈斯豪夫医生说如果我在一个孤岛上，那么我就要适应一个人生活，只有椰子和我，他说我必须接受我自己，我的缺点和我的全部，我们无法选择自己的缺点，它们也是我们的一部分，而我们必须适应它们。然而我们能选择我们的朋友，我很高兴选择了你。每个人的人生就是一条很长的人行道，有的很整洁，而有的像我的一样，有裂缝、香蕉皮和烟头，你的人行道跟我的一样，但是没有我这么多的裂缝。有朝一日，希望你的人行道会相交在一起，到时候我们可以分享一罐炼乳。你是我最好的朋友。你是我唯一的朋友。

我把你们说的每一句话都记在心里，把你们的每一次鼓励都放进相册里。我把过往的所有感动，往最深的永远延续。我把你们的话变成最动人的音符，陪着我去旅行。生命是一段孤独的旅程，能遇到哪怕只是短暂陪伴的人都是一种幸运。我现在的痛苦、寂寞、难过都会过去的，迟早，所有的故事都会有结局。

愿有人陪你一起颠沛流离，一起走到出头的那天，一起走到你一生那一次发光的那天。

如果离别无法避免，
那最好的办法就是让自己变得更强大，
能够从容地面对离别

你要坚信自己是块金子，一定会发光的。

▶ 五月天 《干杯》

一、考试加油！

6月是一个承担太多太多的时节，毕业季，分手季，无数大学生各奔东西，步入社会摸爬滚打，而坐在教室里的你们也迎来了自己人生中极其重要的一刻——高考。

坐在闷热的教室里，空气沉默得可怕，有时暴雨又来得很突然，明明还是下午，天空却昏暗得跟晚上没有什么两样。而这些都与你没有太大关系，因为你正在把自己奉献给做不完的习题、背不完的单词、认不全的古文，还有不明所以的数学公式。听着老师在黑板上写板书的声音，你抬起头极力地想要认清黑板上的字，身前是已经堆成小山的课本和复印的讲义，想着考完试以后一定要去没人的大街上狂奔，在马路上躺成"大"字形，把书和习题簿都撕掉，还要在高考完对那个人说出一句藏了许久的"我喜欢你"。

可是高考结束的那个暑假，你想做的事情大多没有做成。书和笔记被好好地放了起来，虽然你知道以后再也不会去翻开它们。你也始终没有对喜欢的人说出那句"我喜欢你"，在同学录上，你很认真地写着：谢谢有你这个朋友，我会想念你。

直到有一天同学录被弄丢，你们在网上聊天的次数也越来越少，你才发现有些东西已经不见了。

有些事情，总要回忆起来才能渐渐变清晰，才能明白它是重要的。原来比起考试，有很多东西同样重要，比如一起走过的三年时光，陪你一起疯一起做梦的人，以及那个努力而又沉寂的自己。就好像我们怀念的也许不是高考，不是老师的板书，也不是那些做不完的数学题，而是那些充满希望的日子。现在的我再也不会跟同桌为一道题争论得面红耳赤，更不用担心坐在教室的角落里偷偷发短信被老师发现了。

那时候的我们都害怕考试，因为害怕自己做不好，害怕自己的努力没有回报，可现在回过头想，考试是这世上少数努力了总能看到回报的事，也是这世上少数会有标准答案的事，事实上自己当时的知识储备量确实是巅峰时期，能背《出师表》，记得住亚热带季风气候，知道化学方程式怎么配平，还会一点三角函数和立体几何。同时，当时的我还有足够的钻研精神和精力，明明已经觉得疲惫，还是能为了一道数学题的公式，再做一会儿题，再做一会儿。那个自己确实很棒，就好像现在读到这里的你确实很棒。

高考对所有人都一视同仁，无关乎你的出身，你的性格，你是否招人喜欢，你都有权利以此为起点，迎来下一段不一样的人生。在那段人生里，你会认识新的人，会去到新的地方，会重新认识你自己。这些都是高考带给你的。现在回想起来，一道题的对错，就能让我们的人生变得不同，这或许就是实实在在的高考的魅力，它能让你站在从前从未想到过的城市中，过上从前从未想到过的人生。

至于高考之后的风景，我想我可以这么告诉你，每个人看到的风景都不同，但一样有日升日落，阴晴圆缺。

所以与其担心你即将面对的考试，倒不如安下心来好好努力。为了你接下来的日子，为了你的未来、你的明天，在这一次，为自己好好地疯狂努力一把，为自己打开下一段命运的起点。

你考试那天的天气会怎么样？会不会一如既往地下雨呢？我只是想要暗自为你们祈祷那天不要太热。不管你之前的成绩怎么样，不管你在别人的眼里是好是坏，不管你现在是不是在书桌前背着你最头疼的物理，你都要记得有人在这里对你说："不能怕。"

前两天在看《龙樱》，里面的一句话送给你们："回想起那些被人当笨蛋的日子，然后在考试中把它彻底地粉碎掉。"

有些东西你要相信它才会存在，你要相信自己，要相信奇迹，不必感伤，不必害怕，因为你就是那个奇迹。只有相信奇迹的人，奇迹才会选择你。

你要坚信自己是块金子，一定会发光的，走过了那些最难熬的日子，经历了高考的你，会在未来遇到最好的自己。

嘿，趁现在，去告诉那个对你很重要的，那个即将高考的，那个说好要跟你一起去某个城市的人，告诉他，不能怕，不管结局怎么样，至少我们都努力过。不管未来去哪里，至少我们现在在一起。

加油！我等你的好消息。

二、毕业不万岁！

当初的同学在哪里呢？在应酬？在睡觉？在看微博？还是再也联系不到？而你呢，是不是经过了太漫长的等待，想象中的日子依旧没有到来，于是你开始怀疑，是不是自己一开始的决定就错了？

这个世界充满太多无奈、太多不确定，猛然回头才发现，我们已经偏离跑道，一路跑偏。

生活越来越像黑色幽默，不让你懂的时候你偏想懂，等到你懂的时候却又想什么都不懂；应该享受没长大的时光的时候你拼命地想长大，等到长大了又恨不得制造时光机器回到过去。

那些计划始终没有实现，你说在最后一年一定要好好学习，可还是把时间献给了游戏和发呆；你说要好好地跟身边的人走下去，可还是猝不及防地迎来了结局；你走在奔三的路上，却还总觉得毕业遥遥无期，结果时间狠狠给了你一耳光。

时间这东西，为什么能流逝得这么快？

各种感情，在时间面前被筛选了一遍，只有足够坚定又终点一致的人才能继续。毕业那天一起失恋，其实你心里比谁都清楚，各奔前程就代表着分手。终于走到了时间的尽头，结局终究还是逃不过分开。曾经一起逃离去的海边，曾经一起走过的林荫小道，曾经在黑夜中牵起的彼此的手，曾经一起淋雨的那个夜晚，曾经的一次次争吵然后一次次原谅，都变成了再也回不去的回忆。

你和她有着怎样轰轰烈烈的曾经，在这个时候都无所谓了。

你和她在校门口拍下最后一张合照，然后忍着泪意跟她轻轻说了一句"再见"，也许就是永别了。然后有一天听到五月天的《突然好想你》，想起她，想起曾经，想知道她过得好不好，鼓起勇气翻出了她的号码，却始终按不下通话键。

原来，错过了就是错过了，想起了就想起吧，仅此而已。到最后，我们不过是把回忆放在心的角落里，然后被现实的琐屑压住。

宿舍的几个舍友是你最好的朋友，他们帮你占座，帮你逃课，上课的时候悄悄发短信给你说下课前要点名，让你赶快回来；你们一起熬夜，一起看比赛，一起看日出，一起吐槽，一起畅想，一起吃饭，一起喝酒。接触的时间长了，所有的人都不像刚认识时那样一本正经，你知道这是因为你们变成了很好的朋友。他能看到你的每一面，开心难过，干净邋遢，偶尔借着夜色，你们还会聊起未来，说起你要跟你爱的姑娘游遍世界，他要带着他的理想去北京闯荡。

只是说完后一阵沉默，因为你知道将来你们很有可能不会在一个城市。

终于还是到了分别的时候，不管是四年的友情还是三年的友情，都面临分离。你要去南京，他要去北京。在最后一次的饭桌上，尽是不舍，喝得醉醺醺的，你拉着死党的手说"王八蛋，将来我结婚你一定要来当伴郎"。你们都知道这是在遥远的未来里，为数不多的能够见面的机会。第二天一早，你忍着头痛送兄弟去车站，挥手告别时其实你比谁都难过，可是告诉自己一定要忍住眼泪，所以几个人连话都没敢多说。在回家的车上，手机一次次地响起，看到他们发来的一条条短信，终于还是忍不住哭出声来。太久没有哭了，要哭就哭个够吧。

然后有些人，总是会慢慢地淡出你的世界，慢慢地走进你记忆的角落里。

再见，记忆里那个爱过的姑娘。再见，记忆里那个真诚而又很傻的少年。

很多人宁愿找陌生人或者不熟悉的人聊天，也不愿意和以前的好朋友聊天。虽然彼此曾经很熟悉，但是现在多了一层隔阂。偶尔见面，只剩下一句简单的"最近好吗？"，"嗯，还好，就那样"，然后就没有下文了。你害怕的是，有一天你引以为傲的友情变得陌生，所以宁可不联系，至少在回忆里还能保持以前的模样。

尽管我们会在同学录上写下"友谊不会离开"之类的话，可若干年后，翻开同学录，似乎都想不起来写这些的人是什么模样。能够坚持联系并且不变得陌生的，那就是你的人生知己，但这样的人，往往少得可怜。

毕业不万岁！现在回想起来，当时憧憬的毕业简直面目可憎，可是生活依旧在继续，它不会在乎你是谁，更不会在乎你的心情。

后来我想，如果活着不多不少，幸福刚好够用的话，那么在将来还有很多幸福等着我吧。

虽然随着毕业，我们的人生或多或少都发生了改变。也许我们都开始变得很忙，无暇顾及其他；也许我们偶尔记起，却苦于失去了联系。那么在想起曾经的好友和岁月的时候，还能嘴角上扬微笑就好。

哪怕我们的未来看起来暗淡无光，哪怕我们的未来看起来没有交集，至少我们一同拥有温暖的过去。如果经历了这些，我们还能是无话不说的好朋友，那么我想，只要有一个这样的人，就不会觉得遗憾了。

我希望我们的友情可以永远不变，十年二十年后回忆起来，依旧能共同分享说不出的美好。只愿很久以后回想起这些日子的时候，身边站着你们，我的好朋友，还能如往常一样打屁聊天。

希望我们都不辜负那段时光和岁月。

希望看到这里的你，能在那段时光里，看最美的花，看最早的日出，走最长的路，说最多的话，跟爱的人一起，跟朋友一起，无论结局如何，都要在此刻，尽兴而归。

你的梦想，还是你自己的吗？

跟着别人走，最多跟别人一样。

走不一样的道路，才有可能跟别人不一样。

▶ Eminem "Beautiful" [1]

刚刚躺在床上看完了《三傻大闹宝莱坞》，被电影打动，一时间毫无睡意，于是就有了这篇我在饿着肚子的情况下，写于堪培拉时间清晨 5 点 20 分的文字。

这绝对是一部好电影，将近三个小时的电影丝毫不让你觉得冗长拖沓，励志又不乏幽默。虽然情节老套，但是配合印度宝莱坞特有的歌舞，倒也觉得新颖。

打动我的是这部电影所传达出来的东西：你可以拥有一种特立独行的生活态度。

在某种程度上，这恰恰是我们最最缺少的东西。

从小时候起，我们就被要求合群，要穿一样的校服，头发不能

---

1 中译名：埃米纳姆《美丽的》。

太长，最后就连我们的人生梦想都变得一模一样。初中毕业了上个重点高中，高中努力学习，高考去个重点大学，找个靠谱的工作，买个像样的车子，有个不错的房子，度过看似不错的人生。

曾经的你有自己的想法很执着，曾经的你哪怕全世界不理解你想要的也无所谓。

可有一天，你突然发现，你听最流行的音乐，看最卖座的电影，去最热门的景点，读最畅销的图书，似乎再也没有什么独属于自己的热爱藏在生活里。与众不同四个字消失在了词典里，就连独处的时候也不敢坚持自己的喜欢，因为害怕被说成没有意义。

亲爱的老妈说过，总有一天，你的棱角会被世界磨平，你会拔掉身上的刺，你会微笑应对讨厌的人，你会变成一个不动声色的大人。我知道我妈说的没错，因为有天我也发觉，大人的世界比想象的更难懂，有那么多字典里无法解释的字眼，有那么多努力做好了也不会被所有人喜欢的事情。

可即便知道了这一点，我还是会想，如果所有人的梦想都一样，那还是梦想吗？

换句话说，如果所有人的目标都一致，手段都相同，那这个世界还会让人着迷吗？

我曾经在《想太多》里这么写：

有一天我到了一个用金子堆起来的地方。树木是金子做的，花朵是金子做的，衣服是金子做的，汽车是金子做的，房子是金子做的，就连道路都是金子做的。

这真是一个富裕的地方，我想。

刚走到门口，就听到护卫们说："快来参见这里的国王。"

我这才注意到不远处的国王。他穿着金子做的衣服，金子外边是更多用来装饰的金子，戴着金色的皇冠，皇冠上镶着很多钻石模样的金子。

他看到我并没有穿着金子做的衣服，得意扬扬地说："想不想穿金子做的衣服，我这里有用不完的金子。"

"我是国王，所以我有着最多的金子。"

"我是国王，所以大家都要听我的话。"他大声地说着这些。

我摇摇头，说："我不想穿金子做的衣服，它们太重了，也太坚硬了。"

国王很少被人拒绝，所以这多少让他感到不快，但他是国王啊，怎么可以跟我一个平民计较呢。

"我有着最多的金子。"他重复了一遍刚才说的话。"我是国王，我有着最大的权力。"他又说了一句。

"我是国王，所以我可以做很多人做不到的事情。"

可是我对这些还是没有什么感觉，反而觉得很无趣。

他生气了，一脸恼怒地对我说："为什么你不拍手叫好呢？"

我只是摇摇头，说："你说的一切都很厉害，只是这些都不是我想要的。"

他摇摇头，觉得我不可理喻。

他带我去看他的花园，他有世界上独一无二的收藏，笼子里关着世界上最昂贵的鸟。

他说："你看，那只鸟是世界上最贵的。"

他带我去看他的收藏，房间里摆设着琳琅满目的收藏品。

他说："你看，这是世界上最昂贵的字画，这是世界上最贵重的花瓶。"

他带我去看他的书房。他说："你看，这是世界上唯一流传的墨宝。"

他带我去看他的车库。他说："你看，这是世界上最昂贵的车子。"

他带我去看他的寝室。他说："你看，这是世界上唯一用金子做的床。"

他带我走出宫殿，回头看。他说："你看，这是世界上最昂贵的房子。"

他说："你看，我是多么富有啊。

"没有一个国家的国王比我更有钱了。

"没有一个国家的国王比我更有地位了。"

我向他鞠躬，对他说："可是你的车子不能开，你的墨宝不能用，你的花瓶不能用来放花，你的字画只能锁在柜子里，你的鸟从来不愿意说话，你的床让人没法入睡，它们又有什么用呢？"

《三傻大闹宝莱坞》里有一句：追求卓越，而不是追求成功。

我们所处的世界，常常让你忘记你曾经的模样，把你变成了孤

121

傲的国王。学校使你变得刻板,数学除了用来算钱再没其他用途,语文课本中的古文诗词也从不让你停下欣赏,背诵只是为了更高的分数。到后来,除了必须看的书,你不再主动看书。

你每天坐在电脑前看着 140 个字的内容,没有意识到你的人生远远不只是这 140 个字所表达的东西。你跟大多数人一样,把大众喜欢的东西奉为准则,而不顾你心里是否真的喜欢它。

我们的生活里充斥着某一类单一的励志话语,它们永远在对你说你要往上爬,才能有话语权;你要学会谄媚和腹黑,才能出人头地;情商就是一切,真诚毫无必要;广告上那些永远保持同一种表情、永远穿着同一种服饰的成功人士,才是你该成为的人。

诚然,如果你想要成为那些人中的一员,那无可厚非,因为他们也是自己领域中的佼佼者。但媒体的过度渲染让你认为,这世界上只有这一种活法才是对的。只有一种,这个词,听起来就不对。

对于这些,我想说,去你的。我们马不停蹄地长大,拥有了比以前更好的生活,变成了一个更好的人。难道我们所做的这一切,就是让我们拥有一个复制的人生?

当你 40 岁的时候,回想起以前的人生,除了跟别人一致的生活轨迹和过得"还可以",还能有什么样的关于 20 岁的记忆?你还有什么说出来能让你兴奋不已的经历?

所以当又有人以社会准则来要求你,又有人对你提起谁家谁谁谁的时候，请大声地说："没有人能用他的标准衡量其他人。没错，优秀的确很重要，但我不想变成别人。"

"带着你的自以为是滚蛋吧，我清楚地知道自己想要什么，那也许不是条风光无限的路，也许不是一条看起来安稳的路，但那是属于我自己的路。"

跟着别人走，最多跟别人一样。走不一样的道路，才有可能跟别人不一样，才有可能理解自己是谁。而"不一样"真的那么重要吗？我的回答是，是的。活着是旅程，是见识，是经历，是你能体会多少无法复制的瞬间。生活从一开始就没有统一的意义，唯一重要的，是我们个人的体会。

曾经读到过一段话："有些梦想，纵使永远也没办法实现，纵使光是连说出来都很奢侈，但如果没有说出来温暖自己一下，就无法获得前进的动力。"

我知道终有一日我们都将妥协，我们都会被这个世界完美地驯养，但是在最后的那次妥协之前的每次不妥协，都是最为宝贵的财富，那将是你更好地生活下去的资本。

在别人肆意说你的时候，问自己：怕不怕，输不输得起？不要怕，不要后退，不要犹豫，难过的时候就一个人去看看这个世界，不需要走多远，去没有天花板的地方待一会儿就能重拾动力。你需要足够勇敢地问自己，你是不是已经为了梦想而竭尽全力了。即使我最终的结局只是这样，我也不能接受麻木放弃的自己。

一直很喜欢阿姆，他的歌词里有这么几句：献给我的宝贝们，要坚强。献给世上其他的人，上帝给了你属于你的鞋子，它适合你，穿上吧。做你自己，兄弟，为你的本色而自豪。就算这话听着有点老土，也永远不要让任何人说你不够美。

一个人的梦想也许不值钱，但是一个人的努力很值钱。请守护住你的梦想，没能实现也要牢牢地守护住，一点点靠近它，那是你与众不同的东西，那是让你在成长道路上不至于泯然于众人的东西。

兄弟，为你的本色而自豪。就算这话听着有点老土，也永远不要让任何人说，你不够美。

唯有割舍，才能专注；
唯有放弃，才能追求

选择做一件事情，做你最喜欢的事情，把其他的都暂时抛开。

▶ WANDS 《直到世界终结》

身边有个朋友，她从不翘课，积极参加活动，还做了某社团的团长。有一天半夜，她突然找我聊天，说过两天要去主持迎新晚会，除了主持还要表演节目，可又要准备论文，这两天累得半死还不得不牺牲睡眠时间。后来晚会效果不错，她却说换作以前，她会很有成就感，但现在除了累还是累，想抽身而退又有点舍不得。

另外一个朋友，只能用忙碌来形容他。他的电脑里放满了各色各样的公开课和电子书，假期他又马不停蹄地去上海念托福，书桌上必有 GRE 的红宝书，成绩也很优秀。有一天他说，其实根本不知道自己在学什么，不知道现在学的专业将来有没有用，再忙心里也填不满。

我问他，那你有没有想做的事情，他说有，可是想做的太多了，反而不知道应该从何开始。他想去考研，又想在国内先考几个证书，

125

想出去旅游，又想待在家里看新买的书。

我猜类似的情况，类似的人，也一定在你的身边出现过，看似忙碌地生活着却不一定热爱自己做的事情，喜欢做的事情太多反而力不从心。出去旅游却迟迟决定不了目的地，在书店买书时面对琳琅满目的书踌躇不已，生活中无处不在的选择像要把一个人压垮。

一个人如果能找到自己真正喜欢做的事情，本身就是一种幸福。这句话我在阿信的《浪漫的逃亡》中看到过，在大头写给我的同学录里看到过，听一个朋友这么说起过。

可是如果想做的事情很多很多，不知道怎么衡量它们之间的重心的时候，又该怎么办呢？后来赖明珠老师在写给阿信的序里这么说：就怕多才多艺的人，想做的事实在太多，偏偏每件都还做得不错，还真烦恼。然而不管是放弃、割舍还是背叛，都是不但不得不，而且必要的选择。唯有割舍，才能专注；唯有放弃，才能追求。

我承认很多情况下，我都是个容易放弃的人，但对某些事情，我很执着、很倔强，甚至固执倔强得很可怕。我对很多事情都很好奇，抱有兴趣，却只对某些事情达到了热爱的程度。我曾经也以为自己可以将很多事情平衡得很好，可以既做着这件事情，又能将另外一件事情处理得游刃有余，可是越到后来越发现，有些事情是不得不全心全意去做的。我们的生命有限，我们的精力有限，人这一辈子会做很多事情，有几件事情能做到想要的极限呢？

选择做一件事情，做你最喜欢的事情，把其他的都暂时抛开。

把这件事情做到你想要做到的极致，把这件事情做到你心目中的最大化，不完美也没关系，完整地做完就可以。永远不要害怕梦想太大，只有很大的梦想才拥有你向上的无限可能性。站得高才能望得远，梦想这东西也一样。也永远不要害怕梦想太小，只要是你真正想做的，只管向前就是。从另一个角度来讲，永远要相信自己可以比现在走得更远，可以气馁，但依然决定再试试往前走，同样地，永远不要因为现在所取得的一点点小成绩而沾沾自喜。

选择，本身就意味着要放弃另外一些东西。有时没有选择反而是更好的选择，没有退路反而是更好的出路。我想，我们常常犯的错误就是以为生活在别处，所以我们轻易地放弃一份工作、一种兴趣，但其实从一开始生活就在我们脚下。我们总认为我们可以在很多事情上做得很好，这件事情不行换件事情做就行了，所以三天打鱼两天晒网。到头来，我们既没能做好这件事，又没能做好那件事。兴趣广泛当然不是一件坏事，但我们需要那么一件事当作支柱，就好像一棵大树，所有的枝繁叶茂都是因为树干的存在，其他的事，是盛开的花。

那么，试着去听从内心的声音，不要在乎外面的掌声。选择最喜欢的一件事情，把它当成你最重要的事情来做，在这件事情上做到最好，而不是去不断尝试别人看来很好的事情。还是那句话，唯有割舍，才能专注；唯有放弃，才能追求。

专注，做好手头最重要的那件事，永远是摆脱当下的泥潭的不二法则。

慢慢来，反而快

成长的第一步就是接受这个世界的多样性，
认识到现实的不美好，然后还是决定要坚持最初的坚持。

> (▶) Yoohsic Roomz "Eutopia"[1]

一

那天老马向我感慨时光飞逝。他说："光是想想未来就觉得可怕，你说我们最后能到哪里呢？"

我问他："为什么突然这么说？"

他说："我最近总有一种感觉，感觉自己在原地打转，明明走了很久，却没怎么走远。尤其是看到身边的朋友都进展很快，就我被落下了很长一段路。我也说不好，总之心里挺烦，着急，但又不知道应该怎么办。"说完他又看了看我，说："我怎么觉得你一点都不焦虑呢？"

---

1 中译名：《乌托邦》。

我大吃一惊，心想我其实一直挺焦虑的，只是没有说。这么一想，好像还真是这样，因为我也没有察觉到老马心里这么焦虑。或许有那么一种焦虑，是觉得全世界只有自己会焦虑。于是我说："我哪儿能不焦虑呢，我最多就是不让焦虑影响我。前段时间我看别人说，到了某个年纪，就会在心里产生焦虑感，这种感觉就好像别人都交了卷，只剩下自己。"

"不过嘛，"最后我说，"人生的试卷本来就因人而异，更何况别人交的卷，又不是最终版，所以管别人交没交卷呢。"

二

最近一直很忙，白天上课、赶稿，晚上写剧本，睡前还要挑战天杀的 GRE 单词（这方面我真的是个笨蛋）。忙碌中始终伴随着一点点焦虑，不过这也没什么，因为焦虑是我的常态。

常常有人给我留言问我哪儿来的动力，哪里找的方向，有没有什么诀窍。

在我的生活中，一直有人对我说"不可能的""你做不到的，放弃吧"之类的话，其中包括我的第一任编辑、我最好的朋友和我亲爱的老爸。与此同时，我常常写论文写得想撕书，写稿子写得想撞墙，不过因为是做自己喜欢做的事情，所以总能坚持下来。然后有一天，我回头看，才发现这样的我竟然战胜了那么多负面情绪。

其实哪儿有什么诀窍可言，不过是一次次地跌倒，再一次次地爬起来。每次跌倒了痛了难过了，就去电影、书籍、歌曲里汲取些能量，慢慢地把自己的电量重新充满，也允许自己有这么一个充电的过程。跌倒的次数多了，就能和失败的自己相处得很好了，之后也就慢慢地不再焦虑，不再急躁，事情反而渐渐好转了。

后来我觉得，失败贯穿人生始终，不如学会接受失败。焦虑无法避免，不如学会接受焦虑，与其想着要怎么不焦虑，不如先把手头的事做完，因为想是始终想不出答案来的，答案常常藏在做那件事的过程里。

三

不着急是一种力量，它至少能让你不被时间推着走，而是按照自己的节奏慢慢前行。

我的人生经验告诉我，如果执着于一条捷径，一个所谓的诀窍，那结果有很大概率是什么都没有找到。这种感觉就好像一步一步往前走，总能走到前头去，可我偏不信这条路就是最好的，非要往左边看看，往右边走走，结果到了一个陌生的地方，看不到一点熟悉的痕迹，也找不到一点安全感。等到终于承认这条路走不通的时候，又得花费大量的时间走回去，走到原地的时候早已经筋疲力尽。

在写作这条道路上，我大概从来没有找到一个捷径。在认清自己的能力不足后，所剩下的选项其实只有一个，扎实一点，写不出来就多阅读，写不好就多练习，哪怕一时间写下的只是只言片语，可尽量记录，最后总能慢慢摸索出一条属于自己的道路。

我想，我们的前方一定不会一路都是绿灯，我们所做的，说起来其实很简单，不过是不停地向前，不停地受伤，再站起来，往前走，最后变得坚强而足以承担生命赋予你的那些美好的和不美好的一切。在重复又重复中，一点点向前方迈进，直到某天，道路的前方突然出现一个拐角，你偶然间邂逅了一道阳光。这个时刻很奇妙，你会忽然觉得，原来是真的有这么一条路的，它就在这里，一直等着你，就好像走过了一段阴雨天，原来后边是艳阳。

当然，有人会说，按照自己的节奏走固然很好，可这样慢慢走，真的能获得成功吗？如果你走了很久，发觉自己的天赋依然有限呢？就好像你每天写那么多，就真能成为一个很好的写作者吗？

怎么说呢，我想，努力从来不等于成功，而成功也从来不是终极目标。那些终极的梦想，其实是很难实现的。在你追逐梦想的时候，你会找到一个更好的自己，一个沉默努力、充实安静的自己，你会因为自己所做的事情而觉得充实。我离最初的目标确实差了十万八千里，但我能看到一条清晰的道路，那么，慢慢走过去，能走多远就走多远，这种感觉也不错。

最好的生活状态莫过于，你在你的青春年纪傻乎乎地为了理想坚持过，最后回归平淡，用现实的方法让自己生活下去。能实现梦想自然最好，但没能实现自己的梦想也没有什么可惜的。成长的第一步就是接受这个世界的多样性，认识到现实的不美好，然后还是决定要坚持最初的坚持。有勇气做选择，自然有本事承担后果。

千万别着急，你若愿意梦，总有人陪你去疯。我知道你会说你觉得一无所有，但是那些真正宝贵的财富从来不是用眼睛能看见的，静下来听听自己内心的声音吧，停下来看看陪伴在你左右的人吧。

是的，你我都知道这个世界充满了不公、贫穷、现实和无助，但是我们终会明白，这个世界远不只是这样，在那么多的负面词汇的另一头，也依然有光明、梦想、努力和希望。没有人能回到过去重新来过，但你我都可以从现在开始，决定我们未来的模样。

比起不停地变换轨道，纠结另一种交通工具，不如就这么踏踏实实地向前走。就像慢吞吞的绿皮火车，也许它很慢，但总会到达你的那一站。

慢慢来，反而快。

P.S.（又及）：这是一段我自己的工作技巧，不保证有效。

1. 在单位时间内投入，效果好过于投入大量的无效时间。该休息的时候一定要休息，拖着疲惫的状态，做不好任何事，反倒在之后需要花成倍的时间去弥补。同样地，在精力最好的时候，就果断开始做要做的那件事，即使一开始无法完全投入，奇妙的是，只要度过了开头十分钟左右的瓶颈期，我们总能逐渐投入手头的这件事，进入状态。

2. 我是一个特别爱听歌的人，我的歌单里永远有几首我听了会很有动力的歌，或者是一些能帮助我集中注意力的歌。每个人听的歌都不同，但我想每个人都有能激励自己，能让自己集中注意力的那么几首歌。没动力的时候，我就会反复地听那些歌，心底会逐渐生出必须做一件事的愿望。如果你喜欢的是摄影，那些照片也会有类似的作用。

3. 永远不要相信自己"玩五分钟就去学习"的鬼话，社交网络能不看就不看，最多看一下朋友圈，忍住不要回复任何人。杜绝自己的一切"手贱"，把手机这个"万恶之源"暂时扔在一旁。其实大多时刻你不能集中注意力，不是因为有别人来打扰你（很多时候恰恰没有人找你），而是因为你给自己别人打扰你的机会。也不要觉得不去看手机就会错过很多，其实这个世界上的大多数事情，你不第一时间知道也没有任何影响。我们的脑容量是有限的，不如先把一些手头的事放进去。

4. 另一个是我在坚持跑步的时候掌握的小窍门，当然我知道跑步的诸多好处，但开始跑步之后我就不会用那些好处来激励自己。我不会想这件事情有多么多的好处，而是在心里给自己画了一条线。告诉自己之前在别的事情上浪费了太多，这次就得看看自己能坚持多久。不用想太多，就抱着"我倒要看看自己能坚持多久"的心态去做，反而能坚持到底。

5.坚持每周读一本书，不管是什么书都行。读书不一定能帮助到你正在从事的行业和现在做的事，但能让你静下心来，我们需要的也不一定是书里的故事，我们需要的，是重拾耐心。耐心，就是一切。

要么滚回家里去，
要么就拼

如果一生只有一次的机会到来了，不要犹豫，用力抓住它。

▶ Eminem "Lose Yourself" [1]

我从来不觉得人的成长是为了证明之前的不切实际和幼稚，梦想是用来实现的，但是太容易实现的，那不叫梦想。

以前在墨尔本的一个室友突然打电话给我，在我这里马上要凌晨三点的时候。他让我猜他现在在哪里，我说："不是在墨尔本吗，你还能去哪儿？"他很神秘地说："不是噢，我现在在西班牙。"我一下子就愣住了。因为很久之前，我在人人网的一个相册里看到有关西班牙的照片，那时候跟他说，西班牙那么漂亮，我将来一定要去一次。我没有想到的是，在我就要把自己曾经一闪而过的想法忘记的时候，他的电话就这么来了。到最后，站在我最想去的地方的人，却不是我。

挂了电话之后，酷我音乐正好放到阿姆的"Lose Yourself"，依旧是熟悉的节奏和他的那段："Look，if you had one shot or one opportunity.

---

1 中译名：《迷失自己》。

135

To seize everything you ever wanted…One moment. Would you capture it or just let it slip?（瞧着，如果你拥有一次机会去完成你曾经梦想拥有的一切，此时此刻，你是会抓住它，或只是让它溜走？）"不知道为什么，我脑海里第一时间浮现的是《当幸福来敲门》里面的片段，是男主角最穷困潦倒的时候在车站的厕所里过夜，是他身上只有20美分的日子，可是他从来就没有放弃过。

"如果你有梦想，就一定要捍卫它。"电影里的主角这么说，也这么做。

老爸同事的女儿，比我大三届，我刚进那所高中的时候，她已经出国两年了，正好我们是同一个老师。高二的时候，老师给我们读了一封信，是她从英国寄回来的。她说现在过得很好，谢谢老师当年的教导，然后张新宇（我高中的班主任）慢慢念出信的最后四个字——来自剑桥。当时我一下子就蒙了，我从来没想过在现实生活中能听到那两个字。后来我才知道原来她是我老爸同事的女儿。我爸总是感慨地对我说，一个人在陌生的国度生活，真的很不容易。后来有幸跟她见面，她说的一段话我至今记忆犹新。她说："剑桥当然很好，但我不是因为它的排名才决定去的，我是因为想要过自己的人生，而那次考试是一个绝佳的机会。如果一生只有一次的机会到来了，不要犹豫，用力抓住它。你也会有想要靠近的生活，想要实现的梦想的。"

突然就想到了自己，第一次离开家的时候，我一个人坐在机场登机口的座位上，心中是对父母的不舍，却并没有想象中那么不安，坐上飞机的我只是反复告诉自己，这条路是你自己选的，不管怎样，都要走下去。只是后来的留学生活并没有想象中那么顺利，孤独、课业，都让我疲于奔命，最糟糕的是生活中的琐事总是一件接着一件，而我的精力和天赋都是那么有限，我很难再像最初在机场那般笃定。

后来有一天在社交网络上看到 Leo（利奥），一个澳洲本地小伙儿，成绩好到令人眼红，最可贵的是他的性格还很好，对人和善，做事能力好到让人嫉妒，却又从来不带有一点优越感。我被他的人格魅力所打动，但当时的我不知道，他的厚重来自日常的积累。我开始跟 Leo 聊起最近的生活，到后来就变成了我单方面诉苦。我说了很多很多，抱怨了一句又一句，过了很久，我才看到他打过来的字。他说："我现在的学费都是自己赚的，虽然你离家很远，但是你还有退路，还有支撑你的父母，我的背后什么都没有。你每天就做这么一点事情，凭什么说自己撑不下去了，你有资格吗？那些比你累的人都没有说什么，那些比你优秀的人都比你努力得多，你有什么资格在这里唉声叹气?!"

然后他对我说了一段我到现在还一直记着的话：Go home or stand up，it's your fucking choice. Do you still remember the reason why you are here?!（要么滚回家里去，要么就拼。你还记得自己为什么来这里吗?!）

我知道他平时不会用这种口气说话，也正是这句话突然点醒了我：我一直只看到那些闪闪发光的人身上的闪光点，却不知道他们到底付出了什么样的代价，才换取了这样的人生，我又有什么资格在这里抱怨？我为什么要离开家，那个时候的义无反顾的自己还在眼前，怎么现在反而后悔了呢？从什么时候起，那个有着梦想的自己彻底消失了？我又是为什么连努力都不够，却要抱怨天赋呢？倘若真的天赋有限，此刻的我就真的到了我所能到达的极限了吗？即使最后依然是失败，我也得走过去看看道路另一边的风景。这不是我一直答应自己的事吗？

我一直觉得自己的青春很痛苦，老是在想这么下去会不会有未来，自始至终也没能对这个不属于我的城市产生过一丝归属感，很多想法都只是一闪而过，答应过自己的事，后来想想就算了。为什么明明知道时间那么少，青春那么短，想得最多的，不是怎样去接近梦想，而是反复地不安、纠结和疑惑呢？

终于觉得，我的痛苦，我那些熬夜的日子，都会在最终让我迎来属于我的结局。从离开家的那一刻起，就注定了我的青春无法回头。记得上次一夜没睡，跟朋友去山上看日出，偶然听他们说起自己之前的生活，才明白不管是表面多么快乐优秀的人，不管是外表多么光鲜亮丽的人，都有各自的心结和痛苦的过去。就像青春注定要漂泊和颠沛流离一般，那些流过的泪、受过的苦，都是因为你的心最初想要去远方，既然如此，我们就只能坦然接受这样的代价。

一个人20岁出头的时候，除了仅剩不多的青春以外，什么都没有，但是你手头为数不多的青春能决定你变成一个什么样的人。往往你将来成为一个什么样的人，就在于在这个阶段你想要什么。一个人一辈子能去往几个想去的地方，能看过几次难忘的风景，能读到几段改变你人生的文字，又能经历多少次难忘的旅行？这个世界有那么多不顺心的事情又能怎么样？对它们说一句"去你的，你们都没法杀死我"，然后继续努力做好自己应该做的事情。

就像阿姆歌里唱的那样：我不能在这里变老。我要在变老之前，做一些到了80岁想起还会微笑的事情。

我想，一个人最好的样子就是平静一点，哪怕一个人生活，穿越一个又一个城市，走过一条又一条街道，仰望一片又一片天空，见证一次又一次别离。然后在别人质疑你的时候，你可以问心无愧地对自己说，虽然每一步都走得很慢，但是我不曾退缩过。

愿我们都被
这个世界温柔地爱着

YOU WILL BE HAPPY

你抬头看月亮，月亮沉默不语。

你低头看马路，车辆川流不息。

我们换了城市，写完心事，假装没事。

一无所有来，孑然一身走，

一路遇到的人，都算赚到的。

孤独是你的必修课

一个人生活单一又重复，但也不会觉得无聊，
即便很多时候还是会迷茫，也不会觉得烦躁了。

▶ 张韶涵《淋雨一直走》

一

　　看高木直子的《一个人住第 5 年》的时候我还在国内，那时觉得那样的生活根本不可能发生在我身上，连吃饭都要人陪着的我无法忍受一个人吃饭的感觉，甚至都难以想象。所以后来，很长的一段时间里，我都没能适应一个人吃饭、一个人旅行，现在想想其实也没什么，这个世界运转速度那么快，没有人会在意你是不是一个人，会觉得尴尬的人，只有我们自己。以至后来一个朋友问我，是不是我也得了什么社交恐惧症。我笑笑说，其实不是，只是自己慢慢地变懒了，懒得去经营人与人之间的关系。至于朋友，有那么几个就足够了，有些人天天在一起，也不见得是朋友。

好像这样久了，倒是会忘记开始遇到的困难，也会在遇到一些琐碎的时候转换视角，渐渐地变成自己生活的旁观者，看着生活平静地流淌，看着自己一点点把琐碎拾起。都说人是慢慢成长起来的，我想是的，但察觉到成长这件事的，往往又是一些瞬间，就像突然沉淀一般，突然不会被小事打倒了，也突然没有那些会瞬间崩溃的时刻了。一个人生活单一又重复，但也不会觉得无聊，即便很多时候还是会迷茫，也不会觉得烦躁了。

去年的今天，我在不一样的城市，背着不一样的书包，留着不一样的发型，走着不一样的路，想着不一样的事情，有着不一样的心思。谁说改变需要十年呢？

二

身边的牛人倒是不少，像神祇一样的存在，我也只是羡慕，想着反正自己也不会变成那样的人。直到有一天，一个学长跟我聊起来，才知道原来他也有看不进去书的时候，也有写论文写得想撞墙的时候，但下一秒钟，他还是会选择继续读书，继续写论文。他说，如果你想要去实现梦想，孤独是你的必修课。如果不能沉下心来，就没有办法去实现它，因为那绝对不是一件容易的事情，孤独能让你更坚强，你必须找到自己的生活节奏。

有一个朋友喜欢每天喝一点酒，看一部电影，然后准时睡觉；住在旁边的英国人神出鬼没，有时候早上才睡，有时候天刚黑就睡了；隔壁楼的一个男生每天天不亮就起来跑步，往往那个时候我才刚打算睡。

最近我迷上了一个人到处走，算不上旅行，只是在周围的城市走一遭，倒也不会花上太多时间准备，提起包就走了。我不会带着相机，只是有兴致了拿出手机拍一拍。音乐倒是我走到哪里都不能丢的东西，只有音乐，能让看似漫长的等待变成美妙的旅程，似乎自己跟整个世界都没有关系，当一片没有名字的云，徜徉在不知道名字的风景里，这种感觉也不错。

正如先前写的，我曾经无法想象一个人吃饭的感觉，同样地，当时的我也难以想象一个人去坐公交车是什么样的感觉。谁知道没过多久，我就习惯了一个人坐车去学校。我住得离学校比较远，所以每次上车的时候还没有多少人，我就坐最后一排。有时候看着窗外发呆，什么都想，却又不知道自己在想什么。慢慢地，坐公交车的时间成了我一天中最惬意的时光，因为我知道我可以自由地放轻松，也能够到达目的地。

孤独或许真能让我们找到属于自己的生活节奏，到那一刻，孤独也就不会再让人害怕了。

三

很长一段时间里我都没有再去书店，那时的我觉得"每周读一本书"是不可能完成的事情。直到有一天我陪朋友去书店，他是一个买书就不会停的人，我也就跟着买了几本。回到家里看社交网络，越看就越是觉得心里空落落的，索性就拿起书来看。我突然发觉，其实每周读一本书没那么难，那天我一下子把书看完，觉得阅读完一本完整的书确实能给人带来别样的充实感。

很多事情不去做的时候，我们会觉得那件事一定毫无乐趣，可在开始做之后，就总能找到属于自己的乐趣。就好像一条道路还没走上去的时候，只能看到那条路那么漫长，似乎延伸到了看不到的尽头，只有踏上那条路的时候，才会发觉原来路边也有花开。

我告诉自己现实容不得你拖延，拖延只会让你变得更焦虑和急躁而已，所以刚开始的时候，我规定自己每天提早半小时躺在床上，看上几十页书，很快就变成习惯了。当成为习惯之后，似乎也就不用再刻意坚持，反倒是不做的时候，会觉得心里空落落的。我想，我们终究能找到填补内心空洞的东西，它来源于踏实，来源于不需要与人分享，来源于安静，正因为它是这么来的，所以恰好能抵挡住所有的喧闹。

一个骑过川藏线的朋友说，只要出发，就能到达，你不出发，就哪里也去不了。如果你不能静下心来，就什么也做不到。出发永远是最有意义的事，去做就是了。一本书买了不看，只是几张纸，公开课下载了不看，也只是一堆数据，不去看就没有任何意义，反而徒增焦虑，行动力才是最关键的。

四

恐怕我们都有过这么一个阶段，只想成为别人，唯独不想成为自己，于是孤独也一并变得面目可憎。要到很久以后，生活越来越忙碌，日子从骑着自行车晃晃悠悠看风景，变成坐地铁奔赴一站又一站，面前是一块块闪过的广告牌的时候，才明白，原来做自己是一种奢侈。这时候，孤独就成了喘息的时刻，至少它能让你选择跟自己喜欢的事物站在一起。

喜欢的事物是从哪里来的呢？喜欢的事物就是孤独的时候你所选择做的事。因为有那么一段时间，几年或几个月，你都是一个人生活，因为要对抗时间，所以你找到了喜好，找到了能让你坦然接受时间流逝的事。这之后你会变得从容，变得坦然，变得在孤独中也能寻找到一种全新的体会，这种体会最终会成为真正属于你自己的东西，是你的一部分。听音乐时，坐地铁时，一个人走在马路上时，它就会流淌出来，让你觉得这个世界似乎在以另外一种形式存在着，你能够清晰地听到自己。

跟朋友聚会很好，爱的人在身边很好，可孤独不会就此消失，这样的时刻也不会时常有。更多时刻，孤独总是会准时出现，不随着你的意志而转移，那么就选择面对孤独，选择拥抱孤独，选择在孤独的时候做那些事。我们都生活在一个不太如意的世界上，误解有时会比理解更多，既然如此，孤独就成了你理解自己的时刻。所有的平和、坚定，还有从容，就是在这时候学会的。

　　孤独是我们的必修课，祝愿你我都能早日及格。

你唯一能把握的，
是变成最好的自己

我们可以不成功，但是我们不能不成长，
没有什么比背叛自己更可怕。

(▶) Hans Zimmer "Cornfield Chase" [1]

一

我们会被一部电影打动，是因为有时候，能在电影里看到我们自己，也能看到我们自己不再拥有的部分。比如那些始终存在的友情，比如电影里主人公失落的时候，总有人会说上那么一句台词，一句鼓励。只是我们没有办法活在电影里，现实往往比电影糟糕得多，有些陪伴依然存在，但更多的，是一个接一个的离开。

前两天看邮件，还有人对我说，好像身边能说话的人越来越少了。我想了想似乎真是这样，这个世界上有太多的事情是我们无法掌握的，你不知道明天谁会离开，你不知道意外和你等的人谁先到。有

---

1 中译名：汉斯·季默《原野追逐》。

些人哪怕你抓得再紧，虽然你心里完全不想放弃，可是偏偏你们的距离越来越远，交集越来越少，最后变成了回忆角落里的一张旧照片。

最可怕的是因为怕失去而放弃拥有的权利。我们都会遇到很多人，会告别很多人，会继续往前走，也许还会爱上几个人，弄丢几个人。关键在于，谁愿意为你停下脚步？对于生命中每一个这样的人，一千一万个感激。

被忽略被遗忘，朋友变得疏远直至陌生，那都是没办法的，我能把握的只有我自己。我们总不能老指望失落的时候老友就在身边，下雨的时候有人递一把伞，胃痛的时候家就在身边，生活如此不靠谱，我们只有把自己变靠谱。

二

其实感情和梦想都是很难跟别人解释的事，你想要跟别人描述，还真不一定能描述得好，说不定你的一番苦闷在别人眼里显得莫名其妙。喜欢人家的是你又不是别人，别人再怎么出谋划策，最后决策的不还是你；你的梦想是你自己的，又不是别人的，可能在你看来意义重大，在别人眼里无聊得根本不值一提。

成年人的世界总是很复杂，连说明书都是厚厚的一本，你会发现越来越多的事情必须有个功利性的目的，踢球就一定要进球，就连交朋友都得看对方能否"派得上用场"。有些事情你很努力地做了也做不好，他们没有看到你的努力，只看到了结果，于是指责就成了下一步的必然。梦想这东西越发像断了线的气球，已经不知道飞到哪里去了。

有时候我就在想啊，我们奔波来奔波去，到底是为了什么？或者是为了那些我们不能放弃的，我们都放弃了一些什么？为什么要在图书馆里背单词？为什么要在一个没有归属感的地方生活？为什么要离开家、离开亲人？

好像渐渐地找不到原因了。

三

可总有一些人、一些事是不需要理由的，比如天空的颜色，比如昨天擦肩而过的人变成了你今天的知己，比如一些小事能让你开怀大笑真的开心。梦想这东西，最美妙的地方在于你可以制造它、重温它、用自己的方式去靠近它，而不用在乎别人的看法。看一本书，听一首歌，去一个地方，梦想就能重新发芽，那个在你体内扎根的与生俱来的梦想。

你说你为什么会喜欢那个人？谁知道，喜欢上就是喜欢上了。你说有时候觉得生活很不靠谱，却又能咬着牙走很远很远。有时候觉得离开那个人就要过不下去了，却还是过来了，或者说沉淀了，原来爱情没有想象中那么重要。你不再把梦想整天挂在嘴上，你不再觉得孤独那么可怕了，没错，你现在是一个人，依然没有实现梦想，看似孤独，可能父母会觉得你不可理喻，可是谁说这样的你不强大不潇洒呢？

我常常鼓励大家要去靠近梦想，《孤独是你的必修课》里这么说，《你要去相信，没有到不了的明天》里这么说，《愿有人陪你颠沛流离》里也这么说。因为我们唯一能把握的事情是成为最好的自己，我们可以不成功，但是我们不能不成长，没有什么比背叛自己更可怕。

你唯一能把握的，是变成最好的自己。

也许挫折还是会来，也许天赋依然有限，也许我们很努力了也无法成为理想中的那个自己，但至少，我们能够在挫折中重新摸索出一条道理，也能够比最初的自己前进好几步，到最后，理想中的那个自己会转变一个模样，成为目前的你自己，在我们偶尔可以触摸到幸福的时刻，我们能心安理得地对自己说，是的，这幸福我配得上。

四

我们之所以会觉得焦虑，无非是因为现在的我们，跟想象中的自己很有距离。不喜欢现在的自己，只有拼命地想办法去改变，只有马上行动起来，因为这件事情只有你自己能做到，只有你自己能找到出口。不要害怕改变，那些真正爱你的人，站在你身边的朋友会理解你的坚持，会看到你的优点，会包容你的缺点，接受你的改变，祝福你的未来。而那些说你变了的人，不用理会他们，那只是因为你不再按照他们想要的轨迹生活而已。记住那些一直陪着你、懂你的沉默的人，忘记那些说你变了、远离你的人。

事实上，你不会发现自己有多强大，直到有一天你发现你身边的支点都倒下了，你也没有倒下。没有人能打倒你，除了你自己，你要学会捂上自己的耳朵，不去听那些吵吵嚷嚷的声音。这个世界上没有不痛苦的人，真正能治愈自己的，只有你自己。

记住，什么都失去的时候，我们依然有选择活在当下，迈向未来的自由。挫折一再来临的时候，接受它，然后撑过去。在深夜痛哭过的人，总会在新的一天燃起继续好好生活下去的愿望；命运常常把我们斩落马下，在这场战斗中我们很少会赢，但从挫折中继续前行的人，偶尔，也能赢。

你已经变成更好的你了，那么继续勇敢地追寻下去，等下去，等待对的人，等待阳光照到你梦想的那天。

总有一天，我们都能强大到无论什么都无法扰乱我们内心的平和的。

事实上，这比什么都重要。

旅行的意义

回忆里的世界总是比较美，回忆里的那个自己，却已经陌生了。

▶ 卡奇社 《日光倾城》

当一个词频繁出现的时候，就会不可避免地让人产生抵触情绪，比如"小清新"，比如"旅行"。大多数人说着旅行的意义，想要争论出一个标准答案，我却觉得旅行有多大的意义完全在于你自己，旅行能让你的感觉变敏锐，能让你观察到平日里看不到的东西，于是就成了你个人独有的体验，然而如果只是为了旅行而旅行的话，那些细微的感觉是很难被发觉的。

现在最大的问题是，我们混淆了旅行的意义。我们去热门拥挤的景点，我们拍光鲜亮丽的照片，我们把自己镶嵌在照片里，去完一个地方接着去另一个地方，每到一个地方最重要的事情便是拍照，人文景色背后的故事也不再关心。如果说原来旅行的意义是散心和看看这个世界，那么现在的旅行就变成了赶时间和拍照，以及迅速把照片上传，我们最担心的变成了网速不好。

这就是为什么在能选择的情况下，我不喜欢跟着旅行团去旅行，那样的旅行永远只是在赶路，一个目的地接着下一个目的地，一个意义接着下一个意义。去西藏就一定要去朝圣，去云南就一定是过桥米线，去苏州就一定在短时间内把园林逛个遍，不是说这样不好，而是失去了选择，也失去了细细感受的时间，对我来说，旅行是一件很自我的事情，它能让我把经历的生活的琐屑和回忆串联起来，让我能更从容地面对生活带来的一切。

音乐大概是我旅行中最不能缺少的东西，我可以不带相机甚至不带行李，唯独少不了音乐。音乐的魔力就在于，它能够把一段看似无比漫长的等待时间无限地缩短，它也可以把看似短暂的时光无限拉长。在音乐里，我能看到不同的世界。当我每次在旅途中听到自己喜欢的那些歌时，我就会觉得以前的一切都变成音符慢慢浮现，让我觉得自己似乎在以另外一种节奏生活着。那是我一点点的累积，那是我自己的节奏，那是一个好久不见的我自己。

墨尔本的天空很蓝，我一个人走走停停，去了南半球最大的教堂，也看到了建在市中心的图书馆。这是一个人来人往却又安静的城市，人们奔走在街角，看到的是坐在路边相爱的老人，看到的是坐在图书馆前晒着太阳聊天的惬意，看到的是不畏行人在路边等食物的鸽子。

每一座大城市里的高楼大厦在令人称奇的同时，也会给人带来压抑感，你可以看到穿着时尚的年轻人，你可以看到奢华绚丽的奢侈品店，你也可以看到价格不菲的跑车，路过时发出一阵轰鸣，人们锋芒毕露，喧闹嘈杂。而在夜晚，你却也可以看到在街边蜷缩着的穷人，跟土地的颜色融为一体，不为人所在意，而不远处就是喧闹的街景。明明只有几百米的距离，却像是两个平行世界，让我有时困惑，有时觉得难以呼吸。人们在这里，看到的是机遇，看到的是梦想，看到的是成败，看到的是头顶的天空，却看不到脚下的大地。这是很多人梦开始的地方，也是更多人梦破碎的地方。

至于堪培拉，大概是这个世界上最不像首都的首都了吧。树木的覆盖率高得惊人，从飞机上往下看，是大片大片的山丘和绿色。我喜欢这里的蓝天，喜欢这里的树木，喜欢走在路上会对你微笑的和善老人，喜欢门前的大树和树荫下的蚂蚁，还喜欢坐在公交车上穿行时，偶然能瞥见的路边的袋鼠（当然我只敢远远看着，听说它们打架很厉害）。当然也有让人讨厌的，比如这里的公交车从来不准时，比如这里永远不是我的家，即便我在这里生活了三年多。

在一座没有很多人认识我的城市，我大可以按照自己的步调前行，可以一个人在街头拿着地图琢磨接下去要走的方向。

我可以坐在广场上听着自己喜欢的歌，看着走过的行人，想象着他们各自经历的人生。

我也可以在看到自己喜欢的风景时突然停下脚步，不用担心会打扰其他任何人，想待多久待多久，无所事事也可以。

于是我觉得旅行其实没有那么浪漫，那些看到的美景也许根本没有意义，那些拍下的照片也许就放在角落了，重要的是，它能让我们认识自己。

我们为什么要旅行呢？杰克·凯鲁亚克说，我们非去不可，在到达之前绝不停止。我不知道我们要去哪里，但我们非去不可。新井一二三在书里说：如果不读书，行万里路就不过是个邮差；可是连路都不行走，连国门也不跨出，就连邮差也不如。路是人走出来的，知识是前行中随时汲取的。

死党老唐说，他想要去看看不一样的生活，想要让自己的生活不是一种色调，可以丰富多彩。在旅途中遇到的女生说，她曾经因为喜欢书名而不管内容买下了一本书，那本书的书名是《独立，从一个人旅行开始》。

后来我才开始明白，没有人能免得了孤单，尤其是我们还年轻的时候，因为我们的心是孤单的。觉得家乡容不下我们，所以我们义无反顾地出去闯，所以我们想要去很多地方。可是发现无论到哪里，无论身边有多少人，还是孤单的。而家乡，再也回不去了。

这些都是没办法的，年轻总是免不了一场孤单的旅程。只要你的心还是孤单的，无论到哪里，都是一样的。风景很重要吗？是的，但不是最重要的。重要的是，你怎么在陌生的地方面对孤独的自己。

我想，喜欢上旅行的人，都想要暂时逃离自己城市里那熟悉却沉重的空气。背上背包，戴上耳机，卸下平日里所有的伪装，去一个陌生的城市，寻找的却是自己。

我想，喜欢上回忆的人，都想要暂时逃离眼前那琐碎和孤单的现实生活。回忆里的世界总是比较美，回忆里的那个自己，却已经陌生了。回忆回不去了，未来呢，又在哪里？

我想，喜欢上文字的人，都是想要在喧闹的世界里安静地用心生活的人。这样的人会孤单得多，因为我们总是想要用寥寥几句照亮整个孤单的宇宙。

没有人能免得了孤单，年轻的心总是孤单的。我们只有去习惯它，然后内心才能变得很强大。

去做梦，因为我们不能未曾绽放就枯萎，我们不能未曾努力就放弃。

去寻找，因为没有方向，才要努力去寻找。

去相信，因为这个世界并不像你想象中那么坏，未来还在眼前，未来还会来。

去坚持，因为只有自己才能让自己发光，就算世界来阻止你都没有关系。

去倔强，因为你身后还有一群死党，你的头顶还有一片湛蓝的天空，你的耳机里有自己喜欢的音乐，你从来不曾一无所有。

在还少年的时候，就去拥抱你的少年意气；在拥有自由的时候，尽力拥抱自由；在拥有精力的时候，在有能力决定去哪里的时候，在保证安全的前提下，不妨即刻出发。去遇见更多人见更多的事，好的坏的都无所谓，趁还年轻；把感动过的奋斗过的都记下来，趁还记得；跟爱着的人用力牵手拥抱，趁还相爱；把折腾的青春折腾下去，趁还热血，趁还有精力。

别再多想别再犹豫，在一个人孤单的旅途中，你才能看到生活的另一面，才能看到世界的丰富性，才能找到你自己的节奏。一个人忘记自己又想起自己是谁的时候，才能真正自由，才能发现自己未知的可能性。但这一切的前提是，在旅途中，你用心地去感受了。

然后最重要的是，在旅途中，发现那个消失了很久的你自己，这无关风景，无关社交网络，无关其他任何人，这是你自己的力量。

这是平和的力量，如果你的人生是本书，那你就为它加上了书签，你也会因此厚重了一些。回到生活中，遇到很多难以承受的事，就会想起这枚书签。那么面对每天平凡的日落，你也能从中找到生动。

这是我心中旅行和行走的意义。

你永远不知道，
在你离开家的这段时间里，
你的父母有多么想你

所有漂泊的人只是为了有一天能不再漂泊，

所有流浪的人只是为了有一天能不再流浪。

▶ 周杰伦《听妈妈的话》

其实写过的东西、写过的文章也不少了，可总是很少写爸妈，我说不清为什么我一直不知道怎么用文字去描述他们，或许是因为在亲情面前我是那么词穷，怕有些话说出来就腻了，尤其是对着这样一直陪伴着我的两个人。

生活过得不咸不淡，很忙却也有条不紊地前行着。最近睡眠又开始频繁地出问题，头很痛，眼睛也睁不开，风一吹就流眼泪，上课的时候听着讲师带口音的英语觉得头大，下课在回家的公交车上又昏昏沉沉。还是习惯走路的时候听歌，选几首节奏轻快的歌听，揉揉太阳穴，希望自己的精神能好一些。只是这些我都习惯了，也不会觉得难过。

真正让我觉得难过的，是国内每一次节假日的时候，每当这时都能看到朋友们说着马上要回家的兴奋，而我只能在南半球想着家人过得怎么样。

堪培拉已经越来越冷了，不知道地球另外一边的他们是不是在为了越来越热的天气烦恼。

其实自己一直挺不懂事的，每次跟大洋彼岸的爸妈聊天之后才会懊悔为什么不能多说一会儿，回国了又总是在外面陪朋友，经常不回家吃饭，也没有好好陪他们。

每次回家的时候我都会想，为什么明明全世界最爱我的两个人已经在我身旁了，我还是要义无反顾地离开家呢？为什么回家前明明就想着要好好陪他们，回家之后又想要跟朋友出去玩或者四处去看看呢？

我不记得从什么时候起习惯把妈妈叫成老妈、把爸爸叫成老爸。后来，我妈有一天突然半开玩笑地说，能不能别叫她老妈，这样显得很老。我才发现他们居然那么快就老了。直到现在，我已经算是能独立了，也出国了这么久，可在他们的眼里我还是个小孩子，每次一有时间打越洋电话或者视频的时候，他们都会不停地嘱咐，让我注意身体，就怕我过得不好。

其实，我早就可以把自己照顾得很好，可他们还是会担心。

我妈呢，唠唠叨叨的，外加轻微的洁癖，总是不让我碰这碰那的，小时候因为她的这个毛病跟她吵了很久。大了一些又开始厌烦她说的那些大道理，直到最近几年才明白，原来她说的都是真理。

我妈每次跟我视频都会问我钱够不够用什么的，我都说够了，可她下次还是会问。我妈舍不得给自己花钱，东西能不买新的就不买，电灯能不开就不开，却总是让我用上她能力范围内能给我的最好的东西。其实我知道她就是担心我过得不好，所以我从未在她面前示弱过一次。虽然我常常跟我妈闹别扭，可是在我心里，她就是全世界最漂亮的女人，没有之一。

跟唠叨的我妈比起来，我爸跟我的交流就少得多。我小时候特别怕他，只要他瞪我一眼，我肯定乖乖的，一动不动。大了一些，他就开始忙起来了，自然也没空管我，家长会从来都是我妈去，印象里他去的唯一一次还是因为我考了年级前五（也就那一次）。后来我也不负众望考进了还不错的高中，我猜我爸应该是为我而骄傲的，只是他在我面前从来什么都不说。再后来有一天我发现，我居然已经高出我爸很多了，他总是不服输地说我没比他高多少，不知道为什么，他每次这么说我都觉得很心疼，因为我记得小时候他比我高出那么多。

为了看到远方的我的样子，他们愿意在电脑前等几个小时。

爷爷奶奶就更疼我了，我常常想，或许在我出生以前，我在天上选了很久，所以来到了这个家庭中。

小时候想去书店了就缠着奶奶，也不管她的身体是不是不舒服。那时候的夏天很热，等公交车的地方只有一个站牌，根本没有地方躲太阳，奶奶就让我站在她身后帮我挡太阳。直到有一天我发现，曾经高大的背影已经只能够到我的肩膀了。

我爸总是对我很严厉，我妈很喜欢唠叨，虽然他们对我未来的规划并不认可，但在外头，无论别人说什么，他们都会站在我这边，我这才知道我在他们心里的分量有多重。我想，有时候，人会觉得过不去是因为他只想到自己，如果能想想自己身后的爸妈，就会觉得没有什么是过不去的。

孔子说："父母在，不远游，游必有方。"我们出国留学，跟朋友挥手告别，跟爱人恋恋不舍，说着说不完的话，唯一不知道该对对方说什么的，是父母。我们也许永远不知道，在我们转过身的一瞬间，他们流下了多少眼泪。如果可以，他们一定愿意再陪我们成长一次。

在踏上去异国他乡的飞机的那天我没能明白，直到离开家这么多年以后，我才明白，这条路我不能回头，不能退缩，因为这是我选的。我身后并不是没有家人，只是我不能够让家人再为我负担那么多。父母在逐渐老去，而我们成长的速度必须加快，才能赶上。

所有漂泊的人只是为了有一天能不再漂泊，所有流浪的人只是为了有一天能不再流浪。我们只是想变得更好，能够在父母老去之前支撑起他们，就像他们之前一直做的那样，在某一个瞬间，我们也能成为他们的英雄。

这就是为什么我们离开家，我们漂泊，我们在远方试着掌控生活。

当你看书看到半夜两眼通红的时候；当你坐在公交车里看着街景倒退，两眼放空的时候；当你听完一首歌，看完一段视频，发现寂静的黑夜里只有你自己的时候；当你一个人走在街头，翻着通讯录不知道应该打给谁的时候；当你独自穿越人群，看着两边的灯火找不到一丝归属感的时候；当你一个人穿过半个城市，发觉这个城市不再属于你的时候……

你就应该拿起一本书，听一首歌，想想身后的父母；你就应该回家，回到你的亲人身边去，然后再次出发。

"为什么喜欢一个遥远的人？"
"因为他发光啊！"

也许我们无法割舍的，还有我们的青春。

▶ 五月天《星空》

有那么一个人，他的存在让你想要变得更好。也许他是你身边的人，也可能不是；也许你们交流很多，也可能你们之间连一句话都没说过；也许你们是很好的朋友，也可能那个人不知道你的存在。可你还是想要变得更好，因为你想要变成像他那样的人，变得跟他一样倔强，一样坚强，一样温柔。因为我们努力了，所以渐渐地我们变成了想要变成的自己。

希望我们都能找到这个人，尽管这个人可能一辈子都不认识你。

《拥抱》是我听的第一首你们的歌，然后是《温柔》，让我爱上你们的是《而我知道》。再之后是《人生海海》《倔强》《突然好想你》，到最近的《星空》。每一首都让我欲罢不能，一遍遍地听，即使每次听《温柔》都会难过，我也按不下停止键。

有那么一阵子，我觉得自己好像不喜欢你们了。可是绕了一大

164

圈，发现自己还是没有办法把你们割舍下。

喜欢过的人，陪伴过的人，都很喜欢你们，不过最终还是错过了。

然后又是一年过去了，一年又一年，看过了很多绝望，听过了很多劝阻，接受了很多无奈，品尝了很多伤害，然后慢慢地，青春也快要走完了，我们即将被时光拖出最后的象牙塔。

老实说现在还总说着青春，有时会让我觉得自己好像还没有长大，可是又切切实实地长大了，连爸妈都开始催我赶紧结婚生子，完成他们嘴里念叨着的，所谓的成年人一生的大事——传宗接代。我不知道怎样才算老了，是不是动不动就开始说"曾经"的人就是老了，但我的确会不自觉地想起以前的日子，暗自感叹着时光飞逝。

可是你们知道吗？每次听起你们的歌的时候，我都能看到曾经的自己。那条金黄色的走廊，那首不变的《温柔》，那个昏暗的音像店，那盘《时光机》的卡带，那个抄下"我不怕千万人阻挡，只怕自己投降"的我自己，那个因为挫折快要被打倒又听到歌里唱"我知道我努力过"，于是决定再往前走走的我自己，那个跟我说"陈信宏跟我一天生日"的臭屁姑娘，那个跟我去看你们演唱会对我们说"我想我这辈子都割舍不下你们"的人。

现在的你们都走在奔五的路上了，连看起来永远年轻的陈信宏都48岁了。我爱的你们已经不再年轻了，连同爱着你们的我也不再青春了，可是那又怎么样呢？不管你们的演唱会是有一个人去，还是有十万个人去，跟我都没有关系。因为只要你们开口唱，只要你们还唱着那样的《倔强》，那样的《突然好想你》，那样的《拥抱》，无论你们在哪里，无论时光把我们变成了什么模样，我一定都会毫无悬念地被你们感动。

一定会。

我总是能听到"我爱的他都已经不唱歌了"或者是"我好像已经不再那么喜欢他了"之类的话，曾经耳机里排满的都是五月天、孙燕姿、林俊杰，单曲循环，或者按顺序播放，现在他们的歌就像随机播放时偶尔出现的小喜悦，我还是会一遍遍地听，可是很明显，不会像当初那样单曲循环着霸占一整天了。

你看呀，连我们自己都变了，又怎么忍心苛求在舞台上的人不变。可是陈信宏你一直没有变，还是那么倔强，那么勇敢，那么坚持，那么温柔。你的歌已经唱了27年，我却怎么也没有产生抗体，你的《温柔》已经24岁了，可是我怎么听也听不够。

前阵子结婚的朋友，一直跟我说他一定要在自己的婚礼上放《温柔》。我打趣说："你是想要给她自由呀？放这首歌真不应景。"他却一本正经地说："因为这首歌陪伴了我们8年。"女方也是我的朋友，她说："你说我们在请帖上写五月天，他们五个会不会来呀？"

说完我们都笑了，他们五个不会来，他们甚至都不会知道我们，可是那又怎么样呢？他们本来就不是我们生命里的人，可是他们给了我们这么多，我们又怎么可能说不喜欢他们就不喜欢他们了呢？

后来，就在去年年底，他们两个人去台湾看了五月天的演唱会。他们说："刚开始的时候怕失望，因为这是我们携手看的最重要的，也许也是最后一场他们的演唱会，害怕这几年五月天会有很多改变。"

"可是音乐一响起来的时候，我才发现，原来一切都没有变，不光是他们没有变，没变的，还有我们自己。"

没变的，还有我们自己。我们总以为自己已经改变了，可是总有那么一些东西留了下来。

你知道，如果哪首歌、哪部电影、哪本小说、哪个人在你最难过、最无助、最快乐、最美好而又最容易被辜负的时光里陪你度过那么一段日子，那么无论他们将来去哪里，他们变成了什么模样，你都没办法把他们割舍下。

也许我们无法割舍的，还有我们的青春。

也许我们会喜欢他们，还因为我们还喜欢着那个喜欢他们的自己。

有一个朋友总对我说："五月天他们又不会认识你，你这么喜欢他们有什么用呢？"是啊，爱你的人那么多，我只是其中一个。可是因为你，我想要变得更好，因为我想要变成像你这样的人，变成像你一样用力地活着、豁达地歌唱、努力地追梦的人，所以我努力去做了。因为我努力做了，我才觉得没有白白浪费喜欢你们的日子。也许到最后我也无法像你一样站在舞台上，把自己的所有感悟带给台下的人，我也无法像你一样那么有才华，可是我变成更好的自己了。

说不定真的，我们听着什么样的歌长大，就能变成什么样的人。

那一年，我们在上海，又看了一场五月天的演唱会。那一天，听到《憨人》，还是有想哭的冲动。即使有那么一天，你失去昨天的一切，变成一个平淡无奇的人，可是只要你一开口唱起《温柔》，唱起《倔强》，我还是会毫无悬念地被感动。谢谢你们，我已经可以更好地向前走了。

后来我觉得，错过了那个人，错过了那段时光，也许就是这样子了，时光里的一切都会定格在过去，再见或者不再见都不重要了。潮起潮落之后，难过伤心之后，我们失去了很多，五月天连同那些音乐却留了下来，伴随我度过了每一次的日落和每一次的日出，每一次的低落和每一次的坚持，每一次的启程和每一次的回途，连同我所谓的无法割舍的梦想和内心的柔软，居然一下子都到了现在。

偶尔回头看看，才会发现走过的路跟来时的看起来是那么不同，那时候觉得难熬的，好像一下子就过去了。或许真的没有什么过不去的，没有停不下来的伤害，也没有走不过去的绝望。

也许你喜欢的不是五月天，也许想让你变得更好的人，他自己已经变了。也许你再也听不到有关他的消息了，也许你只是见过他一面而已。

但这样就够了。你也许永远不会知道他全部的故事，你也不需要知道他全部的故事。也许他也不知道自己在什么时候、在什么情形下，照亮了你人生的一小片宇宙，但他实实在在地发光了，为你照亮了前面的路。

就像你头顶不知道名字的星星一样，它自顾自地发光，然后消失不见，你根本不知道它来自哪个星系，可它就是发光了。你能听到你心里的声音，那些属于你的声音告诉你，因为这些光，你心里有一块地方变得柔软了，尽管将来这块地方关于他的痕迹消失得无影无踪。

不管他是谁，请暂时不要把他割舍下，即便他早已走远了。他不再唱了，他不再出现了，他不拍电影了，他离开这个学校了或者怎么样，不管他会不会记得，不管他会不会知道我的喜欢，我知道就好，我记得我的生活是怎样一点点被改变的就好。

后来，有人在你的博客里留言，说不管你去哪里，都会追随你。

你回复说："我知道，所以我常回头等你。"

后来的后来，你在博客里对我们说："不哭，不怕，不孤单，等待出头天。"

这篇文章献给我们曾经爱过的遥远的那个人。

这样的人对每个人都不同。

于我，你们是五月天。

因为你们，我变得更好，这样就足够了。

只希望很久之后，我还能很骄傲地说："没错，我还在听五月天。"

只希望很久之后，你们能看到这篇文章，然后对我说："原来这就是你笔下的，五月天。"

黎明前的夜总是最黑的，
但晨曦即将为等待它的人来临

随着成长，越来越多的人离开你的生活，
你会发现真正能依靠的，只有自己。

▶ 苏打绿《十年一刻》

一

2010 年从墨尔本搬到堪培拉。因为当时是从国内直接去的堪培拉，所以在墨尔本的朋友一个都没有见到。过了一年我回墨尔本旅行，发现当时能说得上话的为数不多的朋友已经回了国，至今也没能见到面。

有一天，我整理邮箱的时候，发现了他很久之前发来的邮件，收件时间是我在国外的第一个生日那天。他说：Happy birthday, everything will be OK.（生日快乐，一切都会好的。）我说：Thanks, hopefully we can celebrate my every following birthday together.（谢谢，希望我们能一起庆祝我的每一个生日。）写邮件的我从没想到，现在我们已经不怎么联系了。

那天我在微博里写:"有人要提前回国,有人想多待一年;有人刚刚到达,有人已要离开;有人说后悔来这里,有人说还好来过这里;有人起程准备旅行,有人安定不想出走;有人异地分手,有人坚守感情不放手;有人哭过,有人笑着。留学这些年,我学到最多的不是英语和专业知识,而是平静地面对成长的无奈。相逢的人,总能再相逢的。"

有人曾经是你生活里的一部分,然后那个人悄无声息地离开了你的生活。现在的我觉得,我之所以会那么讨厌甚至排斥离别,其实是因为我害怕面对离别后那个孤独的自己,害怕面对生活的空白。

回忆这种东西,太容易依附在某一首歌、某一个人、某一部电影上。在听到那些歌、想起那些人、重新看那部电影的时候,你会发现回忆依旧鲜活,兀自提醒着陪伴你的人已经远去,而那些时光是多么美好。

去年我又回了一次墨尔本,可能是最近一段时间里最后一次回去,只是这次我有留恋,却并不伤感。

我还记得第一次从飞机上俯瞰墨尔本的时候,除了市中心有高楼大厦以外,其他地方的建筑清一色不超过三层,换句话说,这里的城市并不像我想象中那么大,似乎繁华的地段只有那么一小块。刚到墨尔本的第二天,我一个人去市中心,结果不出意外地迷路了。走在大街上,竟然有陌生的当地人问我是不是发生了什么事。我说我迷路了,他就直接一路把我带到了火车站,还给我买了车票。当时我的脸色一定糟糕透了,才会让他看出来我的窘迫。

第一次离开家自己找房子住，跟准备合租的朋友花了几天把周边的房子都看了个遍，好不容易找到一个满意的，正当我们兴冲冲地想要搬进去的时候，那边却跟我们说"不好意思"，把押金退给了我们。

　　第一次去看五月天在墨尔本的演唱会，坐 tram（有轨电车）到演唱会门口，才发现钱包丢了，连带着钥匙和演唱会门票都不翼而飞。我走到火车站门口，却又不知怎的不想回家，就坐在台阶上一边听歌一边望天。我有没有告诉过你，墨尔本的晚上，抬起头时能看到银河？

　　这五年，因为独处的时间出奇地多，我回忆起来觉得像一部冗长的黑白电影，没有什么曲折的故事。可多少还是经历了一些事情，比如做饭差点烧了整个家，比如皱着眉头整理堵塞的下水道，比如深夜突然停电，我不知所措，只能用电脑给手机充电，结果电脑和手机同时没了电，我也不出意外地睡过了头。

　　我们只有从害怕一个人吃饭，害怕一个人坐车，到习惯一个人面对生活的波折而从容不迫，才能真正明白孤独到底是一个什么样的东西。它是你的一部分，它是天使，也是魔鬼，它能让你变得更好，也能让你万劫不复。你无法逃离它，你只有面对它。

　　其实一个人没有什么可怕的，可怕的是无法面对孤独的自己，可我们又不得不独处。随着成长，越来越多的人离开你的生活，你会发现真正能依靠的，只有自己。说来也许很残酷，但是在你最难过的时候，可能没有人能够陪伴在你的身边。

在差点把家烧了之后的第二年，我重新开始学做饭。我学做饭一方面是为了消磨时间，另一方面也是为了省钱，只是在第一个月里，我花了比预计的多得多的时间在学做饭这件事情上。一个月后，提米和Ray（雷）同学才能不皱着眉头吃下我做的饭，然后损我一句："你的厨艺进步得也太缓慢了。"

有时候也会想，为什么等到有一天你有能力照顾好自己、照顾好别人的时候，那些曾经在你什么都不会的时候照顾过你的人，都不在身边了呢？

二

我从没想到有一天我会在堪培拉久住。

堪培拉不同于墨尔本和悉尼，虽然它是澳大利亚的首都，但细究起来，也只是一个农村而已。据说当年澳大利亚政府在悉尼和墨尔本之间选择首都，最后实在是抉择不了，才在墨尔本和悉尼的中间选了一个渔村做首都，这就是后来的堪培拉。这里还有一个趣事，堪培拉离悉尼更近一些，这是因为墨尔本和悉尼都觉得首都应该离自己更近一些，为了公平起见，就约好两方同时从城市里出发，在会合处选定一个地方作为首都，没想到悉尼的马比墨尔本的马跑得慢（也可能是故意的），这才便宜了堪培拉。后来我特地搜了下这个趣事是否属实，但没有得到确切的答案，这个说法实在有趣，就也记在这里。

这也许是全世界最不像首都的首都了，因为这里只有墨尔本的几分之一大小而已，这里甚至没有一个国际机场。在这里我可以举个例子来佐证堪培拉的荒凉程度：某天我从学校回家，甚至在路边看到了几只活蹦乱跳的袋鼠。

当时还在墨尔本的时候，我来堪培拉旅游过一次，那时的我想，让我在这个地方待上几年，一定会觉得无聊透顶。没承想才过了几个月，我就到了一个叫作澳大利亚国立大学的地方，到了堪培拉。天知道为什么，说不定冥冥之中有一种东西在牵引着我们，直到我们安定下来，才发现原来一路走来都有迹可循。

之后有过那么一段时间，我开始觉得没有动力。身边的强人越来越多，跟他们比起来，我没有波澜起伏的经历，没有优异过人的成绩，慢慢地，我发现自己的雄心壮志好像在一夜之间消失了。辛辛苦苦熬了一个通宵做完的作业，得到了一个中等的成绩。打工一个月头昏眼花的同时，发现手里的积蓄根本没有多多少。

当你没有动力的时候，甚至都不想在清晨起床，明明已经醒了，明明已经睡不着了，但就是不想从床上爬起来。那时，我无比讨厌阳光，不想起床，宁可天永远是黑的。

人们说孤独的时候可以做很多事情，可以健身，可以看电影，可以旅行，可以尽一切可能丰富自己，这当然正确，事实上后来我也这么做了，把自己一点点拉出了泥潭，只是在那个没有动力的时刻，我只想昏昏沉沉地睡去。不想做任何事，不想被任何人找到。

有一天跟我爸妈视频完之后，我才发觉自己不能再这么下去。我一个人来到大洋彼岸，从一个城市到另一个城市，难道只是为了窝在自己的小房间里自怨自艾？

那天我忍不住想，为什么我总是在羡慕那些闪闪发光如神祇般的人，而什么都不做呢？光羡慕一点用都没有，我想我要做的，是靠近那样的人。要变成能让自己的人生发光的人，虽然那很难，需要付出很多，但我需要相信，相信我就是能做到。

所以常有人问我怎么可以更快地摆脱消极情绪。我只能说，你只能自己度过那段日子，没人能帮你。无论如何都要记得，这并不是你想要的人生，你现在可以孤独难过，但你一定要走出去。你一定要相信自己，相信自己能走过这条漫长的道路，就这么，一步步，向前走。

当你觉得迷茫或者不知道该干什么的时候，就把手头的事情做好。我觉得无论走哪条路都可以走得很好，做什么不重要，重要的是怎么做；生活在哪里不重要，重要的是怎么生活。

三

第三年，开始察觉到自己的改变。对于很多突发而又莫名其妙的事情，我从一开始的抵触到现在可以坦然地接受。以前总是迫不及待地想要表达自己的想法，现在学会了沉默，这并不代表我认输了，恰恰代表着我会更加努力。

大概是因为一个人生活习惯了，越发神经大条起来。

我出门经常忘带手机，或者是摸摸口袋发现钥匙又忘在家里了。有一次回到家，转动钥匙开门，才发现门没锁，我这么一转钥匙，反倒把门给锁上了。有时候也奇怪，明明写文字的时候还算细腻，前前后后改来改去也算认真，为什么一到生活中就这么神经大条呢？这一年我还是不可救药地习惯性熬夜，不管是需要熬夜复习做论题，还是空闲的日子听歌看电影，我都会至少拖到凌晨三点以后才睡觉。虽然朋友常劝我早睡，但当时的我觉得没什么，只有在夜幕降临的时候，我才觉得时间真正属于自己。

我也能更好地与自己相处了，特别是和那个失败的自己相处。我可以坦然地接受失败，不管是熬了好几个通宵做的课题得了低分，还是赶出的稿子被编辑驳回。因为我知道我能做的，就是把这些做得更好。倘若说我们都是普通人，跌跌撞撞才能到终点，那就跌跌撞撞地走过去好了。

成长不过是哪怕你难过得快死掉了，第二天还是照常去上课上班。没有人知道你经历了什么，也没有人在意你经历了什么。

世界归根结底是我们一个人得去扛起的，觉得累的时候，就大哭一场，第二天继续做好需要做的事。

我常说一定要相信时光。虽然这是一句听起来很玄乎的话，却是切实的道理。有人生得惊为天人，有人年少成名，有人含着金钥匙出生，但十几二十年后，你会发现有人泯然于众人，有人颓废狼狈。如果你不相信时光和努力，那么时光一定会第一个辜负你。

习惯是一个可怕的东西，但它也敌不过时光，有些习惯，说改掉就真的改掉了。

四

堪培拉，我把青春献给你。

从一开始对你毫无好感，到现在的留恋，是因为在这里我度过了最宝贵的那几年。在这里遇到的人、遇到的事，都是值得珍藏的回忆。

最开始到这里的时候，觉得离开遥遥无期。只是时间是永不停止的火车，转眼就到现在了。好像还没准备好要认真地告别，就必须离开了。

这几年，这里的街景没有太多的变化，巴士还是那样的绿白色。鸽子出现在去图书馆必经的空地上，它们从来不怕人，哪怕人走近了也只是慵懒地挪挪脚步，甚至懒得扇动一下翅膀。走在路上会有人跟你搭话，下公交车前要对司机说 "Thank you（谢谢你）"。学校的湖里有很多鸭子，有一次我莫名其妙地跟它们对视了很久。在我去学校的路上，会经过一座小桥，桥下是成群结队的天鹅。夏天的时候满校园飘着柳絮，阳光洒在我身上，世界都是暖色调的。

回忆起来的时候，才发现这些每天都能看到的景色竟然这么美。

好像有很多想说的，可是突然又不知道要写什么了。

我常想，如果让当初那个稚嫩的自己看看这几年的生活，他会不会说："这生活还真是又单调又无聊呢。" 本来想着出国这些年，我应该能交好几个外国朋友，最好还能跟其中一个成为知己，聊聊截然不同的人生，只是这些都没能实现。看起来，还真是糟糕呢。

这些年来我搬了将近十次家，辗转了三个城市，已经记不得坐了多少次飞机，马上又要离开这个已经待了五年的澳洲。我有留恋，但我并不伤感。前几天跟 Faye（费伊）聊起来的时候，她说自己曾经一个人在缅甸住了七天，那时候她觉得自己糟透了，然而现在回忆起来，觉得那是一段很珍贵的回忆。

如同我的这些年一样，经历的时候我觉得糟透了，回想起来，却觉着那是一段特别珍贵的回忆。我可以很笃定地说，就是因为这些，我才变成了现在的我。

事到如今，我终于不再怀疑我来这里的决定是不是做错了，我终于明白为什么我会站在一个离家八千多公里的地方了。

这是因为我的野心，不是因为那些学术，也不是因为这里真的比较好，而是因为我想要经历一种不一样的生活。我想要我的世界有一些不一样，我想要一个人好好看看这世界，所以我愿意接受所有的痛苦、所有的孤单。

因为我要的是那种不同于以往的人生，我要的是一个不会使自己后悔的人生，我要的是能够让我在任何情况下都心平气和的心态，我要的是变成我自己的太阳。

说穿了，就是能够以自己的力量平稳地站在这个大地上。

五

那天我用两个通宵把 assignment（作业）做完，回到家还赶了一篇稿子。瞥了一眼日期，我的留学生活已经正式进入了最后半年，好像过去了很久，又好像什么都没有过去。

留学生活要结尾了，但是生活还远远没有到尾声的时候，每个结局都是一个新的开始。

通往梦想的路上，有太多太多的事情可能会让你停下脚步：可能是因为你觉得不安稳，可能是因为你还有其他的事情要做，可能是因为渐渐地没有了勇气，可能是因为失败和挫折太多。但一个人会坚持走下去，原因只有一个，就是你想要实现它。

也许几年后的我回头看，会觉得现在的自己不可救药地固执又幼稚。但我想，等有一天我强大到能够面对生活赋予的美好的、不美好的一切的时候，我该感谢现在的自己吧。

所以我庆幸经历了这些年的颠簸，时光把我变成了一个更倔强的人。就好像你明知道蜷缩在床上更温暖，还是一早就起床；明知道什么都不做比较轻松，还是选择追逐梦想；明知道陪伴终究有尽头，也要跟朋友在一起真的尽兴。

也许总有一天我们信仰的会失效、热爱的会消失，但要永远记得，不管黑夜多么漫长不堪，黎明始终会如期而至。绝望的时候抬头看，希望的光一直在头上。在给自己一个交代之前，在还没有彻底甘心之前，请继续努力下去，直到有一天我们都能够以自己的力量平稳地站在大地上，那是属于自己的力量，不必害怕它会消失。

黎明前的黑暗总是最黑的，但晨曦即将为等待它的人来临。

以此写给我的这五年。

愿我们都被
这个世界温柔地爱着

这个世界太大，大到在我浪费时间的时候，

有人正拼命地想要多一点点时间。

▶ 逃跑计划 《夜空中最亮的星》

一

无论何时，看到天灾之后的场景，我都会特别震惊和难过。既感慨于人类的脆弱，又不得不感叹大自然的强大。我突然想，如果我们最后都要归于尘土，我们爱着的人和那些还没实现的梦想应该怎么办呢？

我想，不管是谁，面对突如其来的灾难都无能为力：曾经的生活一下子变成废墟，最爱的人也离你远去。可我们还是会继续努力地生活下去，拨开生活的迷雾，在废墟中用力地前行，因为我们是幸存者，只有活着才有可能让生活变得更好。

不管你在世界的哪一个角落，请加油。生命有时候脆弱得可怕，但更多时候坚韧得超乎你的想象。

生活中的打击和挫折远比想象的更多，有时灾难又会让你的一切努力白费，也许明天我们就会死去，在面对种种不公和无奈之后，"如果明天你会失去昨天的一切，你是否依然坚定地爱着这个世界？"。

我想我会。

二

堪培拉又下雨了，连绵不断的雨在这个地方很少见。又经历一次搬家，这次搬到了很远的地方，去学校得乘三十多分钟的公交车。从我家到车站要走将近十分钟，而这天的雨比前几天的都要大。

其实我挺喜欢淋雨的，但也仅限于雨不大的情况下。本着不能感冒以及不想被彻底淋湿的基本原则，我全副武装地出门。下雨天，这条小巷显得更加空旷。在经过一个拐角的时候，突然出现的小狗吓了我一大跳。

它全身的毛都湿透了，眼睛也被淋得有些睁不开，想必已经在雨里淋了很久。它脖子上有项圈，不是流浪狗。它看到我，用力甩了甩身上的雨，然后朝我走过来。我蹲下来摸了摸它，把它带到附近的屋檐下，就继续赶往公交车站台了。

雨下得很大，我到车站的时候恰好赶上公交车到站。上车之后，我照例找了后排的位置坐下，习惯性地看向车外，意外地发现它一直跟在公交车后面，边跑边叫。

我说不出是什么感觉，只是想，它在路上淋了这么久，还是没有等到它的主人，那么它又是淋了多久，才遇到一个停下脚步走近它的人呢？

上课时，缇娜给我讲了一个她的"御用"冷笑话："你知道为什么大海是蓝色的吗？"我愣了五秒，没有想出答案。她说："因为大海里有鱼，鱼会吐泡泡：blue，blue，blue，blue，blue，blue……"

然后我想，如果人类一直过度捕鱼的话，会不会有一天大海就不蓝了呢？

真是胡思乱想的一天，什么都想，就偏偏没想要学习。

三

说说假期的时候发生的事情。

有一天接到朋友的电话，那时候窗外正下着雨，很大，我二话没说撑着伞出了门。等我赶到的时候，给我打电话的朋友被淋得浑身湿透，我和另一个朋友站在旁边，想要给他撑伞，但他却好像只想淋雨。我们都不知道是怎么回事，直到他说："你知道吗？一年多了，我心里的坎就是过不去，做梦梦到的是她，随手拨通讯录的电话是她的手机号码，短信编辑一半不敢发过去，密码是她的生日，每天起来我都会恍惚，会觉得好像她还会回来。"

然后他说了句："真奇怪，上午还是艳阳天，现在就开始下雨。"或许他想说的是，真奇怪，上一秒心情还挺稳定，也算开心，下一秒就开始难过。

或许是因为他们还在一起的时候，也淋过同样的一场雨，于是回忆悄然而至。生活里有很多琐碎的似曾相识的东西难以用语言描述，这种感觉就好像你推开门，温柔的阳光迎面扑来，就好像你偶然看到了桌子底下一张泛黄的照片。

慢慢地，那些放不下的人就变成了这样一种熟悉而又陌生的感觉。

就在我胡思乱想的时候，他突然叹了口气，说："你说，为什么我就是没有办法讨厌这个给了我很多突然又把一切都带走的人呢？"

这个问题很难回答，于是我们谁也没再说话。

好吧，又是胡思乱想的一天，偏偏没有想到学习。

啊，不对，我这不是放假了吗？

四

喜欢是什么？

喜欢是看着一个人的眼睛，即使捂住自己的耳朵也能听到她的声音；喜欢是你在她面前手足无措，做什么都觉得做不好；喜欢是你站在她身边，即使是寒冬也会感觉到温暖；喜欢是她会让你觉得即使是最绝望、最黑暗的夜，有她在身边也会有希望。

时间再往前一点，喜欢可能更简单，也更直观。喜欢是你跟她一人戴着一只耳机，分享同一首歌；喜欢是你坐在教室的最右边，上课时看着教室最左边的她发呆；喜欢是每天早上早起十分钟，为了能在校门口跟她"偶遇"。

时间再往后一点，喜欢就是跟那个人做任何一件事，都会觉得开心，就好像看演唱会的时候笑得开怀，轧马路的时候也觉得路灯温暖，哪怕是无所事事，也会觉得有单纯的快乐。后来你也一个人路过那个路口，可路灯却没有一点温度。

喜欢还是那年冬天，你给那个人戴围巾，她说着围巾好丑啊，却怎么也不肯摘下来。

五

有时候，你会不会觉得生活中有太多太多事情让你无可奈何？

小时候跌倒了，做的第一件事情是看看身旁有没有人。如果有，那就开始撒娇流眼泪，被大人安慰一番之后，活蹦乱跳得像从没有跌倒过。

长大之后跌倒了，做的第一件事情也是看看身旁有没有人。不同的是，如果有，那么再痛再难受也要表现出没什么大不了的样子，生怕别人看出你的脆弱来。

有时候，让我们在意难过的，不是跌倒，也不是疼痛，而是我们期待着能够在自己左右的那个人，他不在。

昨天还跟你关系很好的朋友，今天莫名其妙地吵架了。辛辛苦苦通宵赶出来的PPT（演示文稿），被老板直接否定了。约好一起去看电影，因为堵车迟到了。就是有那么一些人对你的认知停留在表面上，觉得你活得与他们不同，就把你贬得一无是处，你努力获得的东西他们总以为是运气，是上天的眷顾，你背后什么都没付出。

管他呢。

他们看到你中午才起，不知道你天亮才睡；他们嘲笑你痴人说梦，看不到你背后的决心；他们看到你表面光鲜，看不到你的辛酸和努力；他们觉得你嘻嘻哈哈没心没肺，不知道你夜晚难过伤心。

你必须非常努力，才能看起来毫不费力，即便躺着中枪，也要姿势漂亮。

仰天大笑出门去，痛苦岂能乱我心。

六

从前有只兔子撞在树桩上死了，有个人正好路过，就坐在树桩前，等待另外一只兔子。

第一天，他没有等到兔子，他有些失望。

第二天，蝴蝶飞来跟他说话，他闻到了花开的味道。

第三天，云朵变成了很多不一样的形状，他第一次发现，天空也可以像大海，云朵就是它的小岛。

第四天，他身旁有株小草开始渐渐发芽，他从不远处的河里提来水，给它浇水。

第五天，终于有只兔子向着这里跑来。他赶紧挡在兔子身前，对它说："跑太快了会受伤的，有时候应该停下来。"

从前有只兔子喜欢上了一只狐狸，大家都觉得它很奇怪，明明是只兔子，怎么会喜欢上狐狸呢？它自己也觉得很奇怪，所以一直在说服自己不要去喜欢狐狸，不能喜欢狐狸，不能喜欢狐狸。可它没有办法控制自己的想法，最后它终于接受自己喜欢狐狸这个事实了，结果却越来越不开心，越来越压抑。

原因很简单，同伴们都笑它太傻，去喜欢全世界最狡猾的狐狸，而它自己也觉得狐狸不会喜欢它。终于有一天，它在森林里遇到了狐狸，那一瞬间它想要在地上找条缝钻进去。最后它还是鼓足勇气对狐狸说："狐狸先生，我知道自己不应该喜欢你，但我就是喜欢上你了。我喜欢你说的话，我喜欢你走路的姿势，我喜欢你喜欢的一切东西。"

狐狸看了看它，说："那你要好好喜欢你自己。"

"啊？"

"因为你是我最喜欢的呀。"

从前还有一只兔子，叫兔小白。它身边有另外一只兔子，叫兔小灰，它们从很久以前就在一起了，可是有一天兔小白觉得日子太无聊了，就对兔小灰说，它想要自己去别的地方看看。

外面的世界比它们俩的窝精彩多了，兔小白遇到了大象。它第一次看到这么高大的动物，对大象仰慕不已。它天天待在大象身边，可是大象根本就没有看过它一眼，后来它很难过地走开了。

它又遇到了狮子，狮子看起来威风凛凛，这是它家兔小灰根本做不到的。狮子跟兔子聊起天来，它们成了朋友。有一天狮子跟兔子约好去玩，结果走着走着，兔子发现自己跟不上狮子的速度，然后它们就走散了，为此兔小白又难过了一阵子。

它又遇到了大灰狼，大灰狼看起来一副痞子样，也让兔小白觉得很新奇。与狮子和大象不同，大灰狼主动跟兔小白说起话来，展开攻势。正当兔小白决定要跟大灰狼在一起的时候，它发现原来大灰狼同时喜欢着很多动物。

兔小白觉得很难过，它想要回到兔小灰的身边，可又觉得这些日子对不起兔小灰。正当它难过的时候，兔小灰拿着胡萝卜出现在它的面前，对它说："累了就回来，这里永远欢迎你。"

"这是你最喜欢吃的胡萝卜，它们都不懂胡萝卜的味道，但是我懂。"

好吧，胡思乱想已经进阶到了童话世界。

真是打扰各位读者了。

七

最近一直睡不好，总做梦，这让我想起了从小到大做过的那些很奇怪的梦。

小时候梦到自己被坏人绑架，郁闷的是这个梦一直做了好几天，搞得我一度分不清梦和现实。不过还好最后的结局是我被人救了，安全地回了家。

再大一点，可能是好莱坞的电影看多了，就开始做很多科幻的梦，地球毁灭、海底城、宇宙飞船，这些我都梦到过，可是梦里面的我从来都不是救世主。

后来，听别人说，梦里梦到的人，在你做梦的时候也在想你。这句话简直没有任何一点科学依据，但也会想，为什么总是梦不到想梦见的人呢？也从来没有问，对方的梦里出现过的人是谁。

再后来就是这几天了，老是梦到飞机出事故，或者地震，可能是最近白天我一直在看灾难片的缘故。每次醒过来，都会觉得活着真好。

最近总能看到很多年轻的生命，因为生病或事故，离开这个世界。这个世界太大，大到在我浪费时间的时候，有人正拼命地想要多一点点时间，多一天，多一小时，多一分钟，多一秒。

我只愿所有人都能健健康康的。

这几天很晚的时候，从街上回家，都能看到有位老奶奶在街边卖马铃薯，我都会买上几个。今天是元旦，我想应该不会再看到她了。可我经过那里的时候，看到了老奶奶，她的脸冻得通红，手套也破了。

我多买了几个，还跟她说不用找钱了，她却执意去旁边的可的便利店换了零钱找给我，还对我说晚上一个人很危险，早点回家。

在这个瞬间，突然觉得这个世界真的很美好，只要我们还有能被感动的心。

人为什么要背负感情？因为人们只有在面对这些痛楚之后，才能变得强大，才能在面对那些无能为力的自然规律的时候，更好地安慰他人。

人为什么要背负梦想？因为梦想这东西，即使你脆弱得随时会倒下，也没有人能夺走它；即使你真的是一条咸鱼，也没人能夺走你做梦的自由。

常会与人共情是诅咒还是礼物？都不是，共情是一种能力，是与世界沟通的能力，往往世界也会给你一些答案。

为什么依旧要去相信世界的美好？因为我们都曾被这世界温柔地爱过。

陪你到世界尽头

YOU WILL BE HAPPY

祝你不用奔赴大海，也能春暖花开。

祝你不用颠沛流离，也能遇到陪伴。

祝你不用熬过黑夜，已经等到晚安。

如果这些都很难，祝你平平安安。

你在难过什么？

记得的用心记得，遗忘的安心遗忘，

每件事用心去做，你还要去看那阳光万里。

米津玄师《打上花火》

一

你发现没有？

一个人的心情有一个周期，没缘由的开心自然有，没原因的难过也突如其来。像那海浪拍打沙滩，潮起潮落永不停歇。这种感觉就好像明明你正身处热闹之处，却还是有那么几个瞬间，免不了孤独。免不了孤独，是因为没办法全情投入；没办法全情投入，是因为你的满腹心事，无人可说。

我们每个人都像是生活在机场到达的传送带上，你我都是各自打包的行李，藏着稀奇古怪的玩意，可始终匀速前进，保持着不远不近的距离。

情绪这事很古怪，你自己都没法琢磨明白，更难去分享。

我知道说起来矫情，可我知道，你到了儿时羡慕的年纪，却发现很难变成儿时羡慕的人。

或者说，想要变成儿时羡慕的人需要付出太多努力，你无法确定你能否在这条路上站稳。

有一天，我问你："你在难过什么？"

你跟我说："我也不知道。"

很多情绪夹杂在一起，你也没法用言语表达完整，只剩下词不达意。

二

前天午夜，照例失眠，受不了北京骤降的气温，买了一张机票，说走就走。

安置好二筒，给它铲了猫砂，放了两天量的猫粮，想着它应该能把自己照顾得很好，便开始收拾行李。半小时不到，我便出了家门。太阳还没升起，机场却人山人海。

我戴着一副大耳机，穿着蓝色卫衣和红色裤子，想让自己看起来喜庆些。随身行李只有一台电脑、两本书和一些洗漱用品。

我没有准备攻略，也不知道去大理能看到什么。飞机上有很多孩子，想必是假期结束要回家，我暗自希望他们不要在飞机上大吵大闹，好让我补充一下本就严重不足的睡眠。我的习惯是会再看看周围的人，看看大家各自的状态，是否也有人孤身一人，是返乡还是踏上旅途。

想起很久以前我一个人去大堡礁，坐两个多小时的船去看珊瑚，那时我还太年轻，一门心思想体验一个人旅行的快乐。去了却没有感受到太多所谓的快乐，没人可以说话，手机也没有信号，我似乎对风景也没有特别大的兴趣，浑身不自在，却无处可逃。

那时大概也还是会羡慕那些有伴的人，你看他们或三三两两或成群结队，或情侣恩爱或家人陪伴，只有我是一个人。多多少少会觉得自己像个异类，人就算再洒脱，在某个时间段依旧无法掩饰对陪伴的向往。要等很久以后，才能发觉自己内心的力量。

最后呢？最后我已经不记得那次旅行到底怎么样了，只记得一个人在海边的小镇里四处游荡，只想寻找同样是孤身一人的人。

我想人多少还是需要安慰的。

就像你不见得会跟那些同样孤身一人的旅人说上一句话，但看到有人跟自己一样心里总还是会舒服一些。就像你不见得需要知道一个人全部的故事，但看到自己喜欢的东西他也同样喜欢着，总觉得是种安慰。

人生如果是一场漫长的颠沛流离，我们总希望这条路上有人陪着。

三

落地大理时正值中午，我的酒店在洱海边，离机场也不算远。

天气正好，一个人办理入住，接着出门拍照。晃悠了一会儿，实在觉得无聊，就去酒店前台让他们帮忙叫了辆车。接我的是一个当地的大姐，带着她六岁的孩子。我还没开口，她抢着跟我解释，说孩子他爸忙着工作，没人带孩子，只好带着他一起出来，希望我不要介意。

我摇摇头表示没关系，她也没再说话。

后来才开始攀谈，她说她有三个孩子，最大的孩子上初中，他喜欢画画。

她说孩子向往北京，毕竟是大城市，像他们这种四线城市，机会真的太少了。

她说按我的路线，加上来回的时间，车费是一百块，然后不好意思地笑笑，说好像是有点贵，酒店会抽一部分钱。

我有些好奇，问她，那她像这样一天能赚多少钱。

她说，几十块吧，还不错。

我扭头看着她的孩子，六岁，皮肤黝黑，衣服和鞋子大概很久没换过，沾了很厚的灰。一开始有些吵闹，一路玩着他的玩具——一辆少了一个轮子的模型车。后来大概是累了，一个人默默看着窗外发呆，也不跟我说话。我无从想象一个六岁的孩子在想什么，但他的手把那辆模型车握得很紧。

不知道为什么我觉得心酸，但又觉得不应该表现出任何心酸的样子，我的心酸可能是一种傲慢，也是一种多余，于是我戴上耳机扭头看窗外，假装没有情绪。

到大理古城时下午两点不到，人比我想象的多，也比我想象的嘈杂。

原本想好好拍几张照片，可拍了几张只拍到了人，想想还是算了。转了几家小店，想找家安静的清吧。这儿的店面琳琅满目，各个都有自己的标语，大多文艺，描绘着一个很好的生活状态。我想大概有人是真的觉得幸福，也有人只是用这些句子招揽顾客。每个酒吧都有一个驻唱歌手，无一例外拿着吉他，弹着民谣。

我并没有待太久，因为还想着去双廊看洱海。

双廊离大理古城很远，两个多小时的车程。

开了没多会儿就到了洱海边，才知道去双廊会一路从洱海边开过去。

很多吉普车停在路边，很多旅客摆着各式各样的造型。一开始觉得新奇，后来有些审美疲劳，加上没睡好，我竟睡了过去。

醒过来时快到双廊，下车第一件事是找了一家饭店吃饭。老板反复问我三遍："是一个人吃吗？你点的菜吃不完的。"

我……我就点了两个菜一碗饭，为什么吃不完？有时候瘦不代表不能吃好吗?!

可恶。

很气，拼了老命吃得一点汤都不剩，结果绕着小镇走了两个小时都没有消化完。

双廊是个小镇，有很多客栈，但大多还在整修中，抑或是还没有开业，多少显得有些萧条。幸好很多小路尽头便是看不到头的洱海，又多少让人觉得开心。

四

我喜欢所有的河流，喜欢无所事事地看着它们向前流淌，奔赴大海。我喜欢所有的大海，喜欢看着一望无际的海平面，看着天空和海水交界的远方，看着潮水永不停歇地打向沙滩。

人们说海纳百川，大海能够容纳的东西很多，有时候，也包括我们的所有情绪。我在海边遇到过依偎着的甜蜜的情侣、白发古稀的老人，一个大爷骑着快散架的三轮车卖着零食，一个姑娘在海边呐喊，细看才发现她泪流满面。

拍了几张洱海的照片，天色转黑，启程回酒店。

大姐问我："拍到好看的照片了吗？"我点点头。她问："回去吗？"我说："回去吧，怪累的。"

她饶有兴致地说："要不要再带你四处转转。"

我打个哈欠说："太累啦。"

她突然说："我觉得我没有带你去很多地方，有点不好意思……"

我赶忙说："没有什么不好意思的，没关系啊。"

我突然能够说清楚那些喜欢背后的理由了，能够说清楚我为什么热爱大海，热爱旅行，热爱日出了。

即便旅行不尽如人意，或者说百般辛苦，我也会在看到大海或日出的瞬间，觉得值得。

因为这些东西能够提醒我，这世界上有远比我宏大而美好的东西。所有的烦恼，不见得能解决，也不见得能忘记，但我知道，这世上总有一瞬间，有海豚浮出水面，有落日红霞遍天，有彩虹兀自闪耀，有繁星点缀星空，绿意盎然，春风得意。

它们并不是为了你存在的，不管你来不来，它们就在这里。这世上还有很多美好的事情，它们并不是为了你存在的，但它们永远就在那儿。就像《肖申克的救赎》里说的那样，希望是一件好事，好的事情永远不会消亡。

就像那不为你而存在的风景，它永远在那里，你要做的，就是在一个恰当的时刻，出发，到达。

我并不是说你要把心态的改变寄托在风景上，而是你一路走来，在终于看到风景的瞬间，你会觉得果然只要你想做，有些事情还是做得到的。

一个人生活，或者一个人出发，在开始时或许别扭，但你会习惯的，然后发现自在。

当然也期待有个人陪你看细水长流，但这并不妨碍你一个人去看该看的风景，去该去的地方，做该做的事。你依旧可以等日出，你依旧可以看星空，依旧可以读书、睡觉、吃饭、旅行、打游戏。

并不妨碍，更不冲突。

五

你发现没有？

很多事情，并没有想象的那么简单，也没有想象的那么难。

真正困难的，恰恰是你刚出发的那一刻。你忐忑不安，你不知道自己能去哪里，你不知道目的地在何方，你甚至不知道自己的出发是对是错。于是你犹豫纠结，自我矛盾，像是一个人刚开始旅行，原本是为了去另外一个世界看看，出发后却想逃回原本的世界里。

人们害怕改变，却无时无刻不在改变。

时间并不会为你停止，你也不可能永远停留在原地。你必须出发，你必须前行，否则就会被过去的影子所吞没。哪怕步步前行，步步胆战，步步难过，步步想回头，你也得往前走。

往你想要的地方走去，往世界的深处走去，往路的前方走去。云和海连成一线，风和落叶掩埋你的影子，时间从不休息，万物从不静止。而你的难过，像是时针转了一圈，免不了转回原地。但其实不是的，时针转了一圈，其实是向前走了一天，停留在原地的，只有你。

其实我知道你在难过什么。

其实我不知道你在难过什么。

其实我不知道在这个快节奏的时代里，你是否还能看到这里。

但我依旧想告诉你。

这世上有千万种生活，出去看看不是为了逃离现状，而是让你明白大家都有各自的困扰和生活节奏。我们会觉得世界是单一又重复的，其实不是，我们在一个地方待久了，常忘了当初来的理由，忘了这也是他人心中的远方，也忘了生活时刻崭新。我们说着不要改变，其实在不知不觉中已经改变。只不过这些改变太过细微，又或者日常，等你反应过来，你已经向着你讨厌的方向一路飞奔。

出去走走，并不见得有那么大的功效，但能让你修正自己，让你鼓起一些继续好好生活的勇气。即便不知道难过什么，也要鼓起力气往前走。

将所有的黯淡都留在冬夜里，当春天到来时，你就该苏醒，所有的明媚都从此刻起。

你看水秀山明，阳光万里，世界逐渐放晴。

日历一页页翻过，所有的过去都在远离，所有的未来都在靠近。

记得的用心记得，遗忘的安心遗忘，每件事用心去做，你还要去看那阳光万里。

那，你还难过什么？

后来的你们，还好吗？

年少时的我们也没有学会该怎么跟身边的人说再见，
太过用力，又或者太过随意，总是找不到这两者之间的平衡点。

▶ 盛哲《在你的身边》

一

上学时有个同学被所有人嫌弃。

他父母离异，跟妈妈住在一起。一个月不换一双鞋，头发也不知道多久理一次。几乎没有钱交学费，全靠小镇里的补助，校长不喜欢他，班主任不喜欢他，同学也不喜欢他。

他每天不干正事，成绩永远是班里的最后一名。老师有次发试卷，用害群之马形容他，他也没有生气，只是变本加厉，原本还认真答几道题，现在乱涂乱画；原本上课时会假装在听，现在干脆呼呼大睡。同学们也逐渐肆无忌惮，原本背着他说坏话，现在只要他路过，就提高音量，那些话就是说给他听的。

终于有天他爆发了，跟我们班两个男同学扭打在一起。

班主任不由分说，拎着他就往校长室走，另外两个男生似乎一点事都没有，只得到一句"你们少跟他扯上关系"。一小时后他回到班级，眼圈红红的，什么话都没说，走回了班里最后边的座位。

其实我知道他们为什么打架，因为那两个男同学说到了他妈妈，说他妈妈每天半夜不回家，不知道在外面做什么。

话很难听，可说话的人毫无察觉，甚至扬扬自得。

后来我去收作业，走到他身前，班里有同学起哄，说反正他也不会做作业，收他的练习册干吗？他什么也没说，把作业本往我身上一摔，拎着书包逃课了。

我偷偷打开作业本看了一眼，里面是他认认真真解题的痕迹。

我才明白，其实很多题他都会做。

我想我应该说些什么，可想起班里同学的眼神，最后我什么也没说。

我最后一次见他，是那年暑假。

他家跟我家离得很近，我在街角遇到了他。我犹豫着要不要跟他打招呼，却是他先叫住了我。

他说他可能要搬家了。

我没有回话。

他看着我，突然说："你是不是也很讨厌我？"

我有些心虚地说："没有没有。"

他轻轻推了我一把，说："谢谢你每天还会来找我收作业。"

接着他冲我笑笑，转头就走了。

到家后我妈喊我吃饭，跟我说街角那户人家要搬走了，边说边叹气，单亲妈妈真的不容易，镇里的厂开不下去了，她的工作也没了。听说她每天第一个去最后一个才走，也没什么用，他们可能要搬回安徽了。

我那时还小，安徽对我来说是一个极其陌生而又遥远的地方。

开学后我果然没有再见到他，很快我再也没有听到任何一个人谈起他，仿佛这个人从来没有出现过。而我也很快记不清他的脸，记不清他在角落里坐着的模样。

后来所有和他有关的记忆都模糊一片，只剩下他那天对我说的那句谢谢和那次回班级时他那好似哭红的双眼。

直到现在写下这些的时候，我才明白，生活的难太早地找到了他。

后来的你，还好吗？

二

我的好朋友刘女士在两年前分手了。

两个人分开，总有一个还念着对方。

刘女士是没有放下的那个。

她家有一个盒子，里面放着各式各样的东西，他们曾经一起看电影的票根，他第一次抓到的娃娃，第一次约会时他送她的卡片，第一次一起看周杰伦演唱会时用的荧光棒……她都还收着。

还有一块石头，看起来平淡无奇，她偏说是心形的石头，是他们一起在海边花了整个黄昏找到的。我虽然看不出这是心形的石头，但看她视若珍宝的眼神，还是假装看出来了。

他们曾经是真的想一起好好过日子。

两个人一起租房子，一起布置家，一起装家具到半夜，她也心疼他，给他捶肩。他们描绘过一起的未来，要两个孩子，养一条狗，互相吐槽说怎么才刚开始，就计划完几十年后的生活了。也不是没有真的为生活努力过，一起吃过泡面，一起挤过公交和地铁，也像电影里一样为了省钱不打车，走六公里路，半夜才到家，两个人都气喘吁吁，说以后一定要过上好日子。

可没有以后。

她说："他以为我想要过的是好日子，其实我要过的是有他的日子。我知道他未来一定会长大的，可我没有时间去等他长大了。"

我问她："后悔吗？"

她摇摇头说："有时也会觉得有些遗憾，但转念一想似乎没有什么好遗憾的。如果让我再来一次，我还是会这么选。我只是觉得毕竟曾经陪伴过彼此很长一段时间，希望他现在过得好一些。"

日子依旧平淡如水地往前流淌，一个人背着的所有往事都会沉淀下去，缓慢地放下，大多数时刻不再想起。当然，还是会有那么一些意料之外的时刻，比如某个突然失眠的夜晚，你会想起曾经一起陪伴过的日子，或许会有些许怀念，但更多的是怀念过后的期许，期许离开的那些人，能够过上想要的生活。

那是在人们离开你之后，你唯一能做的事，微不足道但很重要的事。

虽然我们无法得知，后来的他过得怎么样。

三

后来发觉，人生的前行往往伴随着告别。在很多个平凡的路口，我们与别人挥手告别，就此再也没有回到同一条轨道上。记忆里的夏天，是跟小伙伴们一起轧马路，走遍整座城市，是跟他们一起唱歌唱到哑，说话说到累，天黑也不肯回家，硬是要找一家凌晨的路边摊。

可不知不觉我的夏天只剩下蚊子。

或许不仅仅是我，读到这里的你，大概也是一样，越来越宅，越来越不擅长交际，这是你意料之外的事。

最初觉得难熬，后来不知不觉习惯，朋友圈的相对固定，让你觉得无比安全。

难过的情绪没有必要跟那么多人说了，但好在真的撑不下去的时候，还能跟那么几个好朋友互诉衷肠。所以我多么期望，这样的人能一直留在我身边。

我想我多少学会珍惜了。

可免不了在成长之前就弄丢了很多人，我甚至不知道他们现在在哪里。

回望过去的时候，总在想，当初应该好好说句话的，因为年少时的我们都没想到，有些话当时没有说，后来也就再也没有了说出口的机会。年少时的我们也没有学会该怎么跟身边的人说再见，太过用力，又或者太过随意，总是找不到这两者之间的平衡点。那么，在某些特定的夜晚，你一定也会想，那些陪伴过，见过面，互相说过话的人，后来过得怎么样。

可我们都无法得知他们后来过得怎么样。

小学时最好的玩伴，初中时的同桌，高中时一起谈天说地的同学，大学时喜欢的那个人，职场中偶然遇见的温柔的同事。

在那些特定的时间点里，是这些人让我们不再孤独，在最难熬的时候，往往是一句话把我们拉出了泥潭。

在那些特定的时间点里，我们觉得陪伴会一直持续下去，即使有天会分道扬镳，那也是很久以后的事。

那个"很久以后"，其实从来不是很久以后，那些分道扬镳的瞬间，总是猝不及防地出现。

我们都没法坐时光机回到过去。

我们唯一能做的，是尽力迈向自己的前方，尽力去看自己想看的风景。也在心里衷心地祝愿那些陪伴过，出现过，再也没有见过的每一个人，也能站在自己想站的山顶。衷心祝愿你，看到想看的风景。

这世界很慌张，
你要找到从容的力量

时间改变的不是事情本身，而是我们对待事情的感觉。

▶ 朴树《生如夏花》

一

有一个地方，有最蓝的天和最蓝的海，有这世界上的第一缕阳光。

因为是最蓝的天，所以有最洁白的云；因为是最蓝的海，所以有最清爽的风。清晨醒来一切充满希望，傍晚日落一切都很生动，我们会在微风里，寻求到从容和平静。

这段话，是我在甲板上看日落的时候突然想到的。

那天我们追逐日落，从港口一路出发，天分成两种颜色，前方是碧海蓝天，背后却是乌云密布。如果从遥远的地方看过来，可以很清晰地看到晴雨的分界线，因为你能一眼看到那只有一半的彩虹。从遥远的山间升起，在最高处蓦然而止。

我们继续奔向日落的远方，其实我很害怕看日落，就像我害怕天黑的每个瞬间。日出的幸福感，来源于一天的开始和万物复苏的生机，其实我找不到日落的幸福感。

我害怕日落，害怕天黑，因为我害怕明天醒来之后，原本在我身边的突然消失不见，就像那道蓦然而止的彩虹。或许我天性悲观，总觉得太幸福的日子，也存在着一些不安定的因素，越是靠近幸福，越是靠近失去。所以我才一次次地睁眼到天亮，确认它们还在我身旁，我才敢安心入睡。

我害怕很多东西，害怕亲人的离去，害怕朋友的冷漠，害怕恋人的眼泪，害怕时光一去不复返，害怕很多地方我还没去，就再也没有力气。喜欢是我的原动力，害怕却是添火的那块柴，我如此害怕，所以我拼命奔跑。

所以在很长一段时间内，我都没有在平静中找到幸福感。

就好像每一天的日落对我来说，并没有什么特别的意义，只不过是一个提醒，提醒着我又过了一天，我还是哪里都没去，我还是什么都没做。

二

跟我一样害怕天黑的人，还有很多。

比如楠楠。

楠楠的胆子很大，大到可以一个人去远方，一个人高空跳伞也没觉得有什么可怕。

楠楠的胆子却也很小，睡觉必须开灯，在自己的东西被别人抢走的时候，也不敢吱声。

她前任离开的时候，明目张胆地带着另一个人，手上是情侣戒指。另一个人拉着他的手，幅度夸张地前后甩动，仿佛在宣示主权，趾高气扬。她却低着头不说话，没有挽留，也没有流泪，没有歇斯底里，也没有扭头就走。直到对方的身影彻底远去，她才默默地蹲了下来。

从此朋友聚会，都尽量避免他们同时出现。偏偏有个不开眼的，同时叫上了他们。

三个人在一个酒桌上遇到，楠楠没有化妆，现任却光鲜亮丽，笑颜如花地依偎在楠楠的前男友身旁。他们坐在楠楠对面，一举一动毫无避讳，映在她眼里，刻在她心里。

酒足饭饱，大家开始闲聊，刻意又客套地说话，小心翼翼地维持表面的和谐。对方大概不想面对又或者是于心不忍，灌了自己几大杯，此刻正趴在桌子上。现任突然站起来给大家一一敬酒，说要先送他回去，又说自己年纪小，不像大家，不太懂事，可能今天有所冒犯，还请大家多包涵。

有人说："没事没事，年纪小也挺好的。"

她哈哈大笑，说："倒也是倒也是，总比 30 岁好。"

那一天楠楠刚过完 32 岁生日。

原来前面的客套是为了后面的铺垫，原来她内心是如此得意，临走前还想着一定要补一刀。刚才就算没有人接话，她也会想尽办法说完最后一句的。

楠楠没说什么，眼神躲闪，脸上挂着一个惨淡的笑容。

而那个以前会护着她的他，靠在另一个人的肩膀上。

很久以前的大连的海边，是他们第一次相遇的地方。

楠楠坐在沙滩上吹着海风，有一个人走过来坐在她身旁，问她："为什么喜欢看大海？"

她说："因为浪漫。"

她原本不爱跟陌生人说话，也最讨厌路人搭讪。

可为什么忍不住回答了他？

三

要过很久，我们心中的情绪才能平息。

要过很久，我们才能不去纠结那原本就不存在的缘由。

时间改变的不是事情本身，而是我们对待事情的感觉。就像小时候看大海感到的是热烈，是壮阔，是一望无际的海天一色；就像热恋时看到的大海是浪漫，是蔚蓝里的一抹艳阳，是洁白如白云的美好；而另外一些时刻的大海，是孤独，是寂静，是潮落潮起的反复，是一望无际难以描述的感觉。

我在海边时，信号不好的手机中收到楠楠的信息，她说："我又来看海了，海真美啊，我为什么要为了一个人放弃大海呢？"

信号很差，回复的信息发不出去，杨晗递给我一瓶啤酒，手指着正前方，说："喏，日落啦。"

我突然觉得安心，我总是害怕会消失的那些东西，我害怕明天起来那些我无法掌控的事再次发生，无法掌控的人再次消失，却忘记了自己还拥有什么。

我们还能看到被落日染得通红的晚霞，我们还有能在船边一起喝酒的朋友，我们还有蔚蓝的大海，即便在黑夜中这蓝色消失不见，第二天的清晨也会出现，再次唤醒蔚蓝的大海。

日落日升，我们习惯日落，因为天黑后还有灯；我们终于关灯，是因为第二天太阳照常升起。那么人生的隧道，还会再来，但火车依旧向前，载着前行的人。

无论你走到哪里，回忆都是跟着你的影子，无法回避，像潮起潮落，永不停歇，你要做的不是抗拒，而是把它们放在合适的位置，眼光向前。

我们的路，是从我们的现在延展出去的，只要你能看到眼前的路，你就有还能去到的地方。

终有一天，你要来到这个海岛，在这里听到海浪的声音，感受海风的呼吸，在太阳升起时起床，在太阳落下后歌唱，跟你爱的人，或者跟你最好的朋友，或者你一个人，在平静中找到热烈，在热烈中归于平静。面朝大海，春暖花开。

这里有最蓝的天和最蓝的海，这里有全世界最初的日升和不变的夏季，这里有最好喝的啤酒和最棒的可乐，空气里一个个的气泡，映照出的是最清澈的你。

那么，为什么要坚持呢？

不去想因果，喜欢便是因，坚持必有果。

▶ 毛不易《无名的人》

一

你是不是有很多爱好，却没有真的坚持过？

或者说每一年的伊始，你都给自己定了一个长长的计划却没有实施过？

每一年你都会在心里祈祷，"新的一年对我好一点"。我们被动地告别，我们被动地开始，于是我们重复，日复一日，年复一年。

很长一段时间内，我似乎总是陷入这个怪圈中。

雄心壮志地开始，变成说说而已的放弃。鼓足了劲跑了两步，不知道什么时候变成走的，最后停留在原地，找了个草坪躺了下来。

本来对自己说，只躺一会儿，却没想到二月就这么消失在雨里，三月带着风迫不及待，五月的露珠眨眼消失，八月的可乐气泡破灭，十月的枫叶落了下来，一年的日历迅速翻页。

如同过去的一年，这一年你好像也哪里都没去。

那么，新的一年呢？

很久以前，有一天我在悉尼，悉尼有一个环城轨道，架在城市的上空。那天我坐在车上看着整座城市，恰好遇见上下班高峰。你可以很清楚地看到人群的方向，有人三三两两，嬉笑打闹，街头艺人开始准备歌唱，有人西装革履拿着公文包向车站走去。那一刻我感受到了时代的脉搏，是的，我也在这样的脉搏中。

你可以清楚地感受到时代的发生，就在我们周围。就像你如今的生活一样，你可以清楚地感受到人群的走向，我们一并构成巨大的时钟，小部分人构成时针，一部分人构成分针，而我们跟大多数人一同，成为这个时钟里最渺小却最忙碌的存在——秒针。

有时我觉得热情澎湃，有时却又觉得无力。

好像我们每个人都会淹没在时代的洪流里，大多数人只是秒针背后的影子，忙忙碌碌，匆匆忙忙，变成跟着时光走的微尘。

是的，那一瞬间，我害怕成为跟着时光走的微尘。

我害怕的不是被时间带走，而是什么都没做，还没想通自己到底要什么，还没搞懂自己到底是谁，就已经被强加上标签，跟着洪流到了一个自己根本不想去的地方，没有办法逃脱。

那一瞬间，我告诉自己，我要变成扎根的树。

我要变成扎根的树，我要用自己的力量站稳，风吹来时可以摇晃，但绝不被吹跑，直至我失去所有力气。

二

我总是在等，一直在等，仿佛等待的目的就是等待。

把梦想留在将来，把旅行留在明天，把要学习的事交给以后，把朋友相聚留在下次。将来，明天，以后，下次，通通是未来的事，我从没想过，现在的我应该做什么。我似乎把梦想当成了一件水到渠成的事，只要长大，梦想就能实现，我坚信我可以去想去的地方，听自己想听的演唱会，可以跟偶像同台。我又说不清，这到底是我对未来的乐观，还是对梦想的逃避。

所以很多想做的事，从来没有真的去做过。

热血只有三秒，事事半途而废，还假装自己努力过。却从没想过刚开始努力一下和把一件事坚持下去，完全是不同量级的两件事。

梦想不是乘上火车就能到达的目的地，而是一座你必须去攀登的山峰。

把一件事情坚持下去说起来容易，可我们常常坚持几天之后就自动放弃了，我想是因为我们没有办法马上看到回报。

一件事没有办法马上看到回报，自然让人失去动力。人们之所以可以乐此不疲地玩游戏，是因为所有投入会即时给人回馈。打得好了就能赢游戏，自然也能很明显地察觉到打得不好的部分。

可诸如读书或者健身这样的事，我们没有办法马上就得到回报。读完一本书，到底能给你带来哪些改变呢？仔细想想，或许没有。我们总是如此期待一本书可以改变我们的人生，改变我们的心态，可又总是发现我们的人生依旧如此，并没有什么改变。

健身，没几个月根本看不出来效果，读书也是如此，你在梦想这方面的努力也是如此。

如果不坚持几个月，你压根不知道自己行不行。

才能固然重要，可我们中的大多数压根还没有轮到对才华的考验，就已经在半路上放弃了。

就好像攀登一座山峰，你还没有用到所谓的登山技巧，就已经在山脚放弃了。

那扇大门没有打开，或许是因为我们从来没有真的走到那扇大门面前。

于是怨天尤人，抱怨老天为什么没有给我们机会，从此变成一个恶性循环，等到醒悟过来，我们已经错过了山峰，眼前再也没有想要欣赏的风景。

三

我不怕翻山越岭，我怕的是一眼看得到头的人生。

因为我的内心始终残存着一丝不甘心，哪怕我知道人生到最后都是殊途同归，一个人能改变的，能做的事情是那么有限，我也想尽我的全力，去寻找不一样的自己，去证明我可以用我自己的方式生存下来。

这些年，我最开心的事，就是见到努力改变自己人生的那些人，真的因为坚持而过上了自己想要的人生。他们或许跟我一样来自一个小城市，摸爬滚打，在另外一个城市生活，并不是想要赚很多钱，只不过为了证明自己不用看父母脸色，也不用每天喝到反胃，一样可以生活下来；他们或许也是你，正在学习，想着去看看世界有多大，因此默默承受所有代价，哪怕代价是巨大的无聊和孤独；他们或许还是这样的一群人，刚入职场，小心翼翼，认真学习，不敷衍每一份工作，抓紧一切机会提升自己。

我们能实现梦想的那一刻，倘若真能到来的话，必定是未来的某个瞬间。而为了到达那个瞬间，我们必须做很多看来无趣，又很烦琐辛苦的事，而这些事短期内往往不会有特别大的回报，它们的价值都需要一个契机，才能展现。

有人问，只是为了一个契机，就要坚持做一些枯燥又痛苦的事，值得吗？

值得。

因为我们都不知道未来会发生什么。

我们不知道，所以我们能做的，只有尽可能准备好自己。

机会永远只留给准备好的人。我想，这句话真正的意思是，倘若我们没能准备好自己，机会到来的时候，我们也不会知道，眼前的这件事，就是机会。换句话说，准备好自己，能让我们从中学会一种能力，在机会到来的时候，识别那是机会的能力。

那如果机会一直都没有来呢？

其实这也没什么关系，因为让你的生活重新焕发生机的，可能是一件微不足道的事。重要的是，在那件小事发生的时候，我们有能力牢牢抓住它。

从现在开始，做你必须做的事，做你想要做的事，分割你的时间，投入你的时间，全神贯注，贯彻始终。不去想因果，喜欢便是因，坚持必有果。

我想在某种意义上，这便是我们要坚持的理由。

我们很早就分开了，
但一直没有学会告别

告别是在失去之后，才能学会的事。

告别是经历痛苦和不甘心之后，把回忆放在合适的位置。

▶ 卢冠廷《一生所爱》

一

半夜突然想喝饮料，等外卖都等不了的那种想喝。穿了件短袖出门，本以为不冷，一阵风吹来，我还是打了个冷战。便利店旁边坐着一个姑娘，穿了一条裙子，看着都冷。等我走近了一点才发现她在哭，一个人对着电话说"为什么这么多年了，我还是忘不了"。说话的声音里是掩饰不住的颤抖。

我想着应该给她买包纸巾，可等我买完零食、饮料和纸巾，门口已经空无一人。

我本来想对她说，哭没关系，记得擦干眼泪就好。

六年前，也有一个姑娘这么坐在台阶上，止不住地发抖。

她深夜开车，过桥时轮胎打滑，车失控，撞向桥边的柱子上。好在车速不快，运气也足够好，才没有连人带车翻下桥去。

她颤颤巍巍地掏出手机给我打电话，语气里同样是藏不住的颤抖："老卢，我……我出车祸了。"

我吓得不轻，立刻从床上蹦起来，用平生最快的速度赶到她身边。

到了车祸现场，我看了眼情况，放下心来，说："还好还好。"

她惊讶又生气地说："老娘出了车祸还好个屁啊好。"

我说："还好还好，车坏了可以修，人没事就好。"

她眼泪止不住地往下掉，说："我都出车祸了，他为什么也不来看看我呢？"

我知道她说的是谁。

二

有天王小雨没忍住，跟我说："你要不听一下我的故事？"

自从我开始写作之后，我的朋友但凡给我讲故事，都非要我写下来。我赶忙拒绝："不听不听，王八念经。"小雨说："从此我叫你朝阳区刘昊然。"

我是会被这种称号打动的人吗？没错，我是。于是我说："你先给我改备注，然后发个朋友圈。"

小雨说她有很多人追，毕竟貌美如花能言会道还会打游戏，特别厉害。

我打住，说："你不要借着讲故事的名义夸自己，再这样我可就走了。"她拉住我说："别别别。"接着我就听完了她的故事。

她大学时被一个学长迷得七荤八素，就是那种篮球打得好，长得好看，会弹吉他，嘴上还念叨着梦想的学长。她说他比她身边所有的男性朋友都成熟有魅力，她看到他第一眼就沦陷了。

我说："小雨你拉倒吧，你沦陷的是脸。"

她没有反驳，看起来是情绪到了，自顾自地继续说。有一天她想表白，想了一大串的话，都是题外话，从她早上起床遇见小猫开始说起，说着说着她突然冒出一句"你愿意做我男朋友吗？"，她说这样如果他没回应，就可以假装是因为他没听见。

学长说："愿意。"

我说这套路总觉得在哪里见过，她说："这就是我的表白方式，其他人都是学我的。"我耸耸肩，问："表白成功的感觉怎么样？"她说那个瞬间她脑海中突然出现一幅画面，夕阳西下，金黄色的阳光洒在两块……墓碑上，墓碑上是他们的名字。

我大惊说："你当时想的居然是这些？"

她说："是啊，不然呢？"

接着她说了很多他们恋爱的细节，我并不想把这些写下来，主要是为了看到这个故事的你着想，对吧，恋爱的故事那么多，你在生活里早就看够啦，对不对？

小雨没有要过学长一分钱，没有收过学长一个礼物，虽然看到别人互送礼物的仪式感会羡慕，她觉得学长的事业刚起步，作为女朋友，她应该支持应该包容，甚至还自己省吃俭用给了学长五万块。

学长拿到钱之后便消失得无影无踪。

人与人之间的联系有多脆弱呢？

脆弱到只要对方在手机里刻意忽略你，你竟然就找不到他了。

小雨的这段感情如同网恋，回忆起所有的细节，她发现自己竟然没有见过学长的朋友。

她就此被单方面分手，感情要不回，钱也要不回，人财两空。

那是两年前的事情。

我看着小雨的短发，又想起几年前她信誓旦旦地说不会剪头发的模样，心想小雨是真的爱过他。因为在我看到她剪短发的第一天，她笑颜如花地说："我男朋友喜欢我短发的样子，你觉得好看吗？"

"我男朋友喜欢我短发的样子","我男朋友喜欢我陪他打游戏,所以我要先走了","我男朋友可喜欢看 NBA 了,我得去搞个詹姆斯的签名","我男朋友工作很忙不能陪我,没关系的"。

我想说,小雨,你没发现你每句话的主语都是他,没有你自己吗?

三

那段时间她没了车,只好靠我们这帮朋友接送。

有天包子也在车里,对她说:"小雨,你的车什么时候修好啊?"

她说:"不修了,我不想再开了。"

包子说:"也好,你别开车了,少一个马路杀手,胜造七级浮屠。"

她恨不得敲包子的头,恶狠狠地说:"你说什么呢?"

包子捂着头说:"女侠我错了,那你说你车技没问题,怎么就撞在柱子上了呢?"

小雨正色说:"你知道有一种心理现象吗?就是有的人是不能三心二意的,就像他们不能一边听歌一边读书,不能一边聊天一边玩游戏,不能一边吃爆米花一边看电影。"

包子疑惑地问："是吗？我看你玩《英雄联盟》的时候还能吃薯片呢。"

小雨说："那是特例你懂吗？你别抬杠！"

我见话题即将跑偏，就把它拉回来："你说的跟你撞车有什么关系？"

她说："因为我开车的时候，看到他发来的信息了。"

然后她说："老卢，包子，再辛苦你们两天，我大后天就走了。"

我问："去哪儿？"

她说："去进行我自己的告别仪式。"

我又问了一句："是去找他吗？"

小雨摇摇头："跟他完全没有关系。"

就跟她说的一样，小雨开始认真遗忘。

有天她给我打了一个电话，那边声音嘈杂，模模糊糊能听出背景音乐是吉他弹奏的《星晴》。

然后我听说她一个人去了厦门，住了一个月，吃起了素，弹起吉他，过上了另外一种生活。

后来她回来了，风尘仆仆，面露倦意。

从车站送她回家的路上，她一直打着哈欠。

我问："没睡好吗？"

她说："刚好相反，我感觉前所未有地轻松。那一阵子我不敢闭上眼睛，闭上眼睛就都是回忆。现在我放下啦，再也不用害怕失眠了。"

我问："怎么放下的？"

她说："你知道的，很多时候不是忘不掉回忆，而是你自己还没有准备好，没有准备好和过去的自己好好道别。就像有的告别仪式，是你一个人的事，不需要谁盛装出席，也不需要别人知道，只要你自己知道就好了。简单来说就是去做那么一件事情，一件让你不再去设想如果的事情。"

我似懂非懂。

她接着说："积蓄都花完了，从明天起又要回归真实的生活咯。人，如果能不花钱，就能过不错的生活，该多好啊。"

我回了句："谁不想呢，梦里总是好的。"

四

有一次在乌鲁木齐做签售。

有个男生读者来看我，一个人从远方坐火车到乌鲁木齐。

在互动环节，他拿过话筒。

他说："我跟前女友是因为你的书认识的，她今天可能在，也可能不在，但不管她能不能听到，我都想告诉她：'我现在在你最喜欢的作者的签售现场，这是我们当年一起想要做的事。我想这是我跟你最后的联系，我来了，不管你在哪儿，我都想要告诉你，谢谢你，我很好，希望你也是。'"

后来签售排到他的时候，我问："放下了？"

他说："做完这件事情之后，我就放下了，谢谢你。"

我说："谢什么，我什么都没做。"

他说："谢谢你一直在这里，成为我们回忆里的路标。只要你还在写，我就觉得她也会过得很好。"

我说："她会的，你也会的。"

他笑了下说："我们都是。"

我明白了。

我明白什么叫作告别了。

有些人可以很快调整好自己的情绪，有些人却不能。他们需要做一些事情，把自己的情感寄托在这件事情上，做完这件事情就告别。

这是属于他们的告别仪式感。

就像是每天的结束，有人必须安安静静地放首歌洗漱，然后打开台灯看书；就好像每年的结束，有人必须把这一年的照片一张张找出来，编辑整理打印成照片贴在冰箱上；就好像有人分手，下定决心似的把头发剪短，像剪短发一样把往事都剪掉。

因为只有这样，他们才能够真正地跟这一天告别，跟这一年告别，跟这个人告别。

那是他们给自己设置的一条准则，做完这些事，就不再去想念。

哪怕步步回头，哪怕阵阵作痛，你也必须往前走，找到你的告别方式。那句郑重其事的再见，并不是说给不告而别的人听的，而是说给从前的自己听的。

告别不是跟那个人挥手说再见，也不是跟那个人失去联系。

告别是在失去之后，才能学会的事。

告别是经历痛苦和不甘心之后，把回忆放在合适的位置。

祝你终究洒脱而自由。

好朋友是跟你
一起浪费时间的人

我实在是害怕对别人造成打扰，是因为我也同样害怕别人打扰我。

▶ 周笔畅《用尽我的一切奔向你》

一

我害怕浪费别人的时间，我知道时间有多宝贵。

我实在是害怕对别人造成打扰，是因为我也同样害怕别人打扰我，我知道被打扰的那种感觉。

就好像在飞机上我不太会调整自己的座位，因为我害怕侵占我后座那人的空间。每个人都应该有属于自己的空间，也同样有属于自己的时间，为什么非要把别人的时间都集中在自己身上？

有次我组织一个聚会，本来是想去一个地方玩，到了才发现没有位置。夏天的张家港很热，我们几个人风风火火赶去另一个地方，一路上都大汗淋漓。好不容易坐下了，大家却不说话，没有了兴致。

232

再后来就有个人先走了，大家开始自顾自地玩手机，没多久就散了。

唯一没有走的人是包子，我说："抱歉今天没有玩成游戏，浪费了你们的时间。"

包子瞪我一眼，怒气冲冲地说："你再说这种话，我们就不是朋友了。"

然后他跟我说："好朋友就是跟你一起浪费时间的人。"

二

有天深夜我去往南京，途经苏州，给包子发了个信息。

我说："我路过苏州站了，突然很想张家港。"

他问："你要去哪儿？"

我说："南京。"

他知道我那段时间不太顺利，怕我情绪不好，很快打了个电话来安慰我。

我说："我没事。"

他说："我忙完工作就来找你。"

233

我说："不用不用。"

他说："你忙你的，不用管我。"

那阵子我工作一个接一个，睡眠时间都没法保证。醒过来又立马忙了一下午，手机都来不及看。等到我忙完终于能喘息一阵，准备去南京南站坐车回北京的时候，包子的电话来了。

他问："在哪儿？"

我说："准备去南京南站。"

他说："我刚到南京你就要走，还是不是最好的小伙伴了？"

我说："是是是，大哥对不起，我现在就退票。"

在车站远远地看到他，我怒骂："你来南京不告诉我一声，我房间都退了。"

他也怒骂："你知道我昨天加班到几点吗？要不是赶着过来我用得着吗？"

说完我接过他的箱子，找好酒店，在去酒店的路上买了点啤酒，开了一把《王者荣耀》。

他非要跟我一起打，结果怒拿 0/7/6 的战绩，我们毫无疑问地溃败。

但他不服，非要跟我再来一把。

结果怒拿 0/6/11 的战绩，我们再一次溃败，他却说："你看我进步了！"

我扔掉他的手机，说："你是不是老陈派来的卧底，非要让我掉段位？"

然后我们喝了一点酒，聊了会儿天，我困意一阵阵往上涌，很快就睡着了。

第二天醒过来，看到手机上有一条他发来的信息，他说"一早要赶回去，先走了兄弟"。

这个王八蛋知道我难过，坐了一个多小时的高铁，跟我见面互相吐槽了一会儿，又坑了我两把《王者荣耀》，没有一句正经话，第二天就走了。

而这个人，是我最好的朋友。

三

我想我大概明白了包子那句话的意思。

我们跟好朋友在一起，会释放自己所有的压力，做的所有事情都不见得有意义，但跟他们在一起时总是很开心。我们在还年轻的时候，总是做一些看起来热血但细想又很无厘头的事，可因为做这些事开心，他们也愿意陪你一起做。

或者说，因为跟好朋友在一起，所以做什么事都开心。

也因为年轻这层滤镜，所有的傻事看着都热血。

然后我长大了，倒不是说真的年龄大了很多，而是突然就步入了社会。学生气还没来得及脱掉，就已经要穿上西装，再也没有说走就走的旅行，甚至没了说聚就聚的夜宵。

当然我多少还是会比同龄人更热血一些，依旧在满世界地追逐日出，跑遍全中国跟读者见面，可多多少少，熬不动夜了。

最直观的感受是身体不如以往了，以前可以奔跑着爬完我家门口的那座小山，现在爬几步楼梯都气喘吁吁。

长大是从没有年轻的心开始的吗？

不是的，是从没有年轻的身体开始的。

以前通宵熬夜时常热血，小伙伴二话不说奔向远方，一路搭车，从天亮走到天黑。终于没有力气，在草地上睡倒，客栈老板看我们可怜，给我们一床棉被。三个大男人裹着棉被，一起看了一次天亮。

这样的事情我再也没有做过，一起热血的小伙伴也长大了，各自走向自己的人生，也走进了自己的痛苦和荆棘。好几次聚会，我们突然不知道该玩什么了。唱歌唱不动，喝酒喝一半，想了想不如玩玩《王者荣耀》轻松一下。

累了，疯一整夜，喝一整宿，聊到天亮，现在已经做不到了。

现在有人喊我去喝酒，我第一反应都是，别了，累，也怕吵。

因此损失了很多小伙伴。

但日子久了，也就明白，有些人注定是玩伴，一旦没什么好玩的了，他就跟你疏远了。好朋友变成老朋友再变成知己，是天时地利人和的好运气。

很多人穷尽一生，有那么几个知己，就已经很足够了。

你不用害怕尴尬，你不用害怕没话说，你不用害怕没什么好玩的，你不用害怕自己哪儿哪儿表现不好，也不用害怕展现出自己不为人知的那一面。

不用害怕，他们早就看到你的全部了。

哪怕在一起什么都不干，只是聊聊天，看看综艺，一起听听歌，就足够我们鼓起勇气，加满了油，继续往前走了。

昨天越来越多，明天越来越少，越长大时间就越宝贵。

好朋友是愿意跟你一起浪费时间的人。

更何况，跟好朋友在一起，就算不上浪费时间。

你笑的时候，世界就晴了

笑起来的我们，都很好看。

▶ 周杰伦《阳光宅男》

一

很久以前，有一次去学校做活动，临走的时候我拿着两个气球，粉红色的那种，多少有点违和感。可朋友塞给我的时候我也不知道怎么拒绝，也不知道应该放在哪儿，就这么一路拿着。

快到家的时候听到有个小女孩叫我，问我："哥哥，我能问你要个气球吗？"

我说："可以啊。"说完把两个气球都给了她。

说实话有种如释重负的感觉，走了一会儿听到小女孩在背后跑过来的声音，边跑边喊我。

我转过身，她刚好跑到我身边，一边喘着气，一边说："哥哥，我想了想，我不应该随便拿别人的东西。"

我说："没关系的，气球送给你。"

小女孩捧出一盒巧克力，双手递给我，特别可爱。

她说："哥哥哥哥，我拿这个巧克力跟你换气球。"

我迟疑了一下，小女孩以为我不愿意换，着急地说："哥哥哥哥，这个巧克力真的特别好吃。"

小女孩走之前还给我鞠了一个躬，笑着说："谢谢哥哥，嘻嘻。"

我走到家打开巧克力，觉得这是我吃过最好吃的巧克力。

本来一天的活动让我疲惫不堪，那一瞬间觉得脚步都轻了，世界也晴了。

二

有次跟朋友在一家咖啡厅见面。

我远远地看到她，她就笑着向我招了招手。

跟她相处，会比跟其他朋友相处更轻松些，以前我不懂为什么，因为我们聊的话题其实跟我和其他朋友聊的没什么两样，并不轻松，也会聊起生活的难。后来我才明白，是因为她总是笑着，不是那种敷衍的笑，也不是那种听到一个笑话前仰后合的笑，而是那种眼睛里扑闪着星星的笑。

她是一个很热爱生活的人。

我可以很自然地察觉到这一点，从她打扮的细节和喜欢的事情就能看出来。她热爱画画，经常一画就是几个小时，却也不是为了什么而画的。她并不会展示自己的这项技能，只是有天我们去她家玩，看到她不好意思又带着一点点骄傲地介绍自己的画，才发现了她的这个爱好。她家布置得很简单，却充满各种细节，仔细看看其实会发现有很多可爱的小摆件，丝毫不多余。书柜上摆放着很多书，可以看到翻过的痕迹，并不是那种用来装饰的书籍。

工作时也认真，也会遇到很多糟心事。

但神奇的是她总能给我一种什么都难不倒她的感觉，大概可爱的人，都可以从雨水中看到太阳。那并不是盲目乐观，而是善于发现生活中的小细节，察觉日常里的小惊喜，是在路边遇到一只猫也会打招呼的认真。

三

笑起来的我们，都很好看。

我想我们都见过那种扑闪扑闪发光的眼睛，那种发自内心地喜欢这世界的眼神。

明媚得像是清晨太阳升起，你刚好苏醒，睡得很好，拉开窗帘，世界是一首正好的歌一样。

我是一个情绪内敛的人，换句话说，就是即使心里有很多情绪，也不知道该怎么用表情来表达。就好像唱歌时我总是拘束地坐在一旁，最大的突破无非是跟着节奏轻轻点头。可唯独遇见这些可爱的人时，会不自觉地笑。不是哈哈大笑，而是那种自己都会觉得温柔的笑，忍不住嘴角上扬。是回到家之后，趁没人时会突然蹦蹦跳跳，找一首喜欢的歌莫名其妙摇摆的欢喜。

有些人真的太好了。

好到在某个时刻你就愿意这么看着他，看着他对一切都充满兴趣的样子，看着他对你开心地笑。好到你觉得什么烦恼都没有了，生活突然又可爱起来了。好到你就想这么祝福他，希望他事业顺利，幸福安康，开开心心，万事胜意。

比起冷淡的人，你总是更喜欢那些对一切都还充满着热情，走在路上也会停下脚步认真跟狗打招呼的人。

他们不是什么都不懂，却还是认真，热忱，保持着好奇心，雨水里也要看出太阳。

而你就这么在一旁看着他，发自内心地感谢还好有人愿意以身相试这世界的美好。

四

我们遇到的糟心事越来越多，越来越难去感知那些简单的纯粹的快乐。于是我们变得越来越不可爱，浑身别扭，藏起自己的所有情绪，躲进自己的影子里。

哈哈大笑的时刻越来越少，闷闷不乐的日子好像更多一些。话越来越少，心情波动也越来越少，我们都好像很难再看到那种纯天然的笑容。

我想你也很久没有开怀地笑了。

古龙说爱笑的女孩，运气不会太差。

我最初不是很相信爱笑跟运气有什么关系，后来才明白，爱笑的女孩，更容易发现世界美好的那部分，久而久之，世界也真的对她温柔了起来。当然啦，古龙先生只写了女孩，但我觉得男生笑起来，也一样。

笑容不是懵懂无知，也不是不知道天高地厚，而是知道世界有多残酷，也依然笑对世界的真相；是明明见过很多，知晓很多道理，看到天空辽阔，也见过大海深邃，依然会因为朋友送的小礼物而发自内心地开心。

是对一切依旧充满热忱，眼睛里藏着许多许多小星星，成熟稳重也孩子气，跟猫说话也专注。是可以认真工作，雷厉风行，也可以在空闲时拉着你的手蹦蹦跳跳地分享小喜悦。跟世界大战八百回合，也不抱怨，依然像游戏打怪一样，擦擦汗水，跟命运说"刚才是我大意，我还有一条命，我们再来，这把单挑"。

这世界依旧糟糕，不公平的事依旧每天在发生，你遭遇的困扰也从来没有减少。

但这不代表你就不期待春天的到来，不会遇到那些让你内心柔软的事，不会遇到那个让你想要带她去看明媚的天的人，不代表你就要扔掉一切感知。

我希望你不要扔掉你的可爱。

酷且可爱，这本来就是你。难过的时候也曾放声痛哭，也要第二天起来假装没事发生。可开心的缘由也不用那么复杂，喜欢的颜色就要去收集，热爱的漫画要边笑边看，喜欢的歌就单曲循环。困扰的时候也曾戴上墨镜，不想展现出自己的情绪，可路过自己喜欢的小玩意，还是会两眼冒星星。对不在乎的人一副高冷生人勿近乐得自在的样子，但在朋友面前也会傻笑着蹦蹦跳跳毫无包袱。

这样就好啦。

希望你看完这篇文章，能想到那个可爱的人和可爱的你自己。

就好像你在天气好的清晨拉开窗帘，闭上眼大口呼吸，那春天就来了。

要笑，开怀地笑，认真地笑。

你笑起来，这世界就晴了。

一个人有多孤独，
是无法从性格判断出来的

热爱生活之所以太难，

是因为在一开始的时候，热爱生活本身太累了。

▶ 陈雪燃《无名之辈》

一

有段时间你会感到一种巨大的孤独。

你开始一个人生活，远离你的家乡，远离你的朋友圈，一个人上班，一个人下班，一个人吃饭，一个人睡觉，甚至节日的夜晚，你也一个人度过。

你或许从没想过自己会一个人生活这么久，可它就这么切实地发生了。有一天你想要回家，刚走出大楼，就下起一阵大雨，所有的便利店都很远，所有的叫车软件都失败，所有人都有人陪伴，只有你自己一个人，连家都回不去。

但一个人生活，终究能让自己成长得快些。

我们会被迫找不到人倾诉，或者是找不到一个人陪伴，所有的情绪都自己吞，反而很快地沉淀了自己，找到了属于自己的生活方式。

生活方式大家各有不同，没有好坏之分，但我想，独自生活的那些人，面对生活的难，多多少少会比别人更从容一些。

尽管在最开始，要习惯一个人生活是那么难。

二

前几天晚上，我怎么也睡不着。

那时我刚花费两个小时装完家具，其实家具本身并不难装，只是我装错了步骤，最后只得以一个诡异又不舒服的姿势拧完所有螺丝，自然是满头大汗，腰背不适，没想过装一个家具竟然要耗费我这么大力气。

想着到床上可以很快睡着，脑袋却无比清醒。

想起我第一次找房子的情形，那时的气温大概有 40 摄氏度，回忆起来都是阳光晃得我睁不开眼的画面。我拎着两个大箱子，从墨尔本的东边一路赶到西边，其间换了三趟车，还有一次不小心脱手把行李箱从台阶上狠狠摔下。那时有种情绪在我胸口，我却没有办法表达出来。直到回想起来，我才发觉那不是难过，也不是委屈，是一种好气又好笑的无奈。

我以前不明白，这种好气又好笑的无奈，竟是生活本身。

从那之后我开始一个人住，才明白衣服不能乱扔，否则到后来会不知道哪件还没有穿过；放着的碗如果不及时洗，就会有一股难闻的味道；第一次做饭必然会炒煳，你会吃两口就把它倒在马桶里，所有的成就感一扫而空。

锅碗瓢盆会比我们想象的贵，也比我们想象的多，当你买完它们之后，反而不愿意再多做几个菜了。家里会出现很多灰尘，打扫的时候你会皱着眉头百思不得其解，永远搞不懂那么多灰尘是从哪里来的。

然后你才发现在最开始的那一年，热爱生活太难了。

我常在想那些人是真的那么热爱生活吗？又或者是他们需要摆出一副热爱生活的样子，好让别人去羡慕呢？热爱生活之所以太难，是因为在一开始的时候，热爱生活本身太累了。

是那种琐碎的累。

生活本身，没有山河湖海，没有高山流水，有的是需要换洗的床单，需要去缴的电费，不知怎么堵塞的马桶和下水道。兴致勃勃布置好的家，两周之后变得杂乱，两个月之后变成了最开始的反面。

但这并不是什么问题，只要再花一点时间，你又会提起兴致，重新把家布置一遍。如此循环往复，不需要很多年，你就能学会怎么样把家布置得温馨，变成自己喜欢的模样。

问题在于我们一个人生活，实在容易日夜颠倒，不好好照顾自己。

再加上没有人能说话，这一切总会在某一段时间内让人觉得难熬。就好像我们置身于黑暗之中，那种仿佛伸手就能握住的黑暗。我们会感到自己在黑暗中被分解，然后变为黑暗的一部分。

我想，人多多少少都需要另一个人听你说话。

什么主题都不需要，也不用给出什么意见，或者说不用聊得那么兴致勃勃。你需要另一个人在那儿，安安静静地听你把话都说完，然后跟你说："嗯，我知道了。"

这样就好，这样就够，可这样的人，我们很难再找到了。

三

所以在没有人听我说话的日子里，我会在黄昏的时候出门走走。

倒不是为了遇见什么人好说什么话，只是戴着耳机四处闲逛，让我感觉自己跟这个世界还有一点联系。

有段时间我住在上海，在南浦大桥的边上，有很多小弄堂。

弄堂里是各式各样的小店，有卖杂货的，有卖小吃的，有卖丝绸的。每到下午五点，这里就热闹起来，人们一边做饭一边顾着生意。

街边其实还有很多卖奇怪东西的，比如说有个老奶奶一边卖着烤红薯，一边还卖着好几捆袜子。有一天清晨我还没睡，去便利店买咖啡准备提提神，就看到奶奶骑着三轮车，带着她的工具和那一捆捆袜子。三轮车快散架了，前面的轮子已经倾斜了。

我不想显得刻意，就在便利店里坐了很久，出门后假装很饿，买了五个烤红薯。奶奶问："小伙子，你一个人吃得完吗？"我说："我们好几个人来这里旅游，很多人呢。"奶奶笑着说："小伙子，我可是看到你好几次了，你都是一个人。"

我笑笑，不知道该说什么，奶奶从旁边拿了一捆袜子给我，说送我的，不要钱。

我觉得推托不好，接下袜子说了谢谢。那一整周我开始忙碌，日夜颠倒，连出门的时间都没有，再后来那个奶奶就不见了。

很久以后我才突然想起这事。

我想我从这个奶奶身上得到了某种力量，尽管那时我并没有意识到。

我想我最开始如此害怕一个人生活，是害怕所有的情绪没有人分享，也不知道怎么跟自己相处。我不知道该如何安排一个人的时间，怕做完了所有的事，还是觉得空荡荡的。

有时我会想起那个独自骑车的奶奶，想起她送我袜子时的笑容，不知道为什么，我能感受到一种从容。

就这样我竟也渐渐地学会了做很多菜，看完了很多书，成长这件事说起来好像很难，却又比想象中简单，它所需要的，只是继续生活下去，以及耐心。最初的困难回想起来也不再是困难，想倾诉的情绪竟然能自己消化了。

就好像最开始时无法静下来读书，其实是怕自己被打扰，也怕读完书后没有什么改变。但当我真的读完一本书后，多多少少是有些改变的，才明白原来自己也可以安静下来。

我想，我最开始无法习惯这样的生活，是因为我并没有真的去做那些在一个人时该做的事。因为我总是在一个人时寻求外界的共鸣，从没想过对抗生活本身的力量，应该来源于自身。

那力量来源于你一个人读的书，你一个人去过的地方，你一个人规律又自然的生活。热闹本身并不足以对抗生活，沉淀下来的力量才行。当你习惯一个人生活之后，你会发现外界的事再也无法影响你，你会更坚定，更平和。

我想，我们终究是这样的人，是这样能够自己给自己安定感的人。

只不过得一个人生活一段时间，我们才能挖掘出原本属于自己的这份力量。就好像我们有时在街边听着歌无人打扰，你会感受到四面八方的微风，它进入你的血液，你变成了世界的一部分。此时你周边的时间都开始变慢，你最终听到的，竟是你内心的声音。

四

你在哪儿？在做什么？是不是也开始感受到了孤独？

一个人有多孤独，是无法从性格判断出来的，也是无法从外表来判断的。我们总以为一个看似嘻嘻哈哈的人不会难过，但往往，恰恰是那个人最难过。事实是我认为，到了某个年纪，你就会感受到孤独。只不过每个人对待孤独的方式不同，有人寻找依赖，有人逼自己习惯。

或许你也发现了。

当你很渴望找个人交谈的时候，话到嘴边却没有说什么。于是发现有些话是只属于自己的，有些话是你自己的心里都无法组织好的，是自己都搞不清楚自己想要表达什么的。有些事情你真的告诉别人了，反倒觉得心里空落落的。

我们经历得越多，走的路越长，这样无法分享的心情就越多。

空气流动，每天发生的故事有一万种，可并不是每件事都能与别人说。冬去春来，你的情绪也如日升日落，当你想要跟别人说的时候，或许你自己已经想通了，那也不必再说。

这世上大多情绪，本就该自己消化的。

只有这样，我们才不会患得患失，害怕说错了什么，又或者害怕眼前的这个人并不是你想要的倾诉对象。

一个人生活时，总能把这些道理想明白得更快一些。

要等到你学会平和，学会接受，学会自我调节，学会摆脱无助的情绪后，才能更好地安慰他人。

而有些事你得一个人做，这和任性或者能力大小都没关系。

有时你需要重新面对你自己，重新面对一个人的生活。

当你身边恰巧没支撑点时，天暗下来，你能撑着自己，我们都需要一点这样的力量。

生活是琐碎的烦恼，而我们的心情也常常起伏不定。

洗个热水澡，我们满血复活。

即便明天依旧糟糕，我也不耽误自己。

祝你早安午安晚安。

陪你到世界尽头

我想在我们失去的时候，常常忘了我们还拥有。

▶ 赵英俊《送你一朵小红花》

一

我们每个人，都会遇到日出和日落，天亮和天黑。

就像我们每个人都有一些美好的回忆，也有一些惨淡得让你不愿想起的片段。

有空的时候，我常常会把大家给我的留言尽可能地多看一些，发现很多人都在害怕黑夜。或者说，每个人都不知道怎么在黑夜里跟自己相处。黑夜容易滋生负面情绪，想念的人却远在天边，又或者说，你根本不知道该想念谁。

于是只剩你跟自己说话，陪伴你的只有风。

253

我常年日夜颠倒，补觉都在上午，到了晚上七点反倒会困，再补个"午觉"。这么一想，睡眠时间还算充足，只不过有段时间，回想起来似乎已经是很久以前，那时候我会在上午十点的时候就突然惊醒，每天都睡不够五个小时。

小伙伴在我工作台前准备了十八种常用药（也太夸张了），就怕我什么时候身体撑不住，恨不得二十四小时都陪在我身边盯着我。我朋友也常来我家看我，离开时总是语重心长地说："卢思浩，你不能再不睡觉了，早点睡，十二点就睡。"

其实哪里是我不想睡觉，最初是喜欢熬夜，后来发现还是应该早睡，可到了这时候，我压根就睡不着。

循环播放《老友记》，看得眼睛布满血丝，终于闷头睡去，醒过来却发现才睡了两个小时。也常被吵醒，只要窗外的风声稍微大了点，我就会突然醒来，再也睡不着。所以后来干脆熬到很晚再睡。

那段睡不够五个小时的日子持续了一段时间，终于有天我受不了，决定出发，去看看日出。

朋友来送我，走之前说："大家给你凑了一笔钱，你一定要拿着。"

我吃了一惊，说："我自己有点积蓄，放心吧，死不了的，真的，没到这地步。"

老唐说："我知道，本来也没凑多少，也不是为了什么，花不花

254

都没关系，你就是要记得你欠着我们这笔钱，记得回来还我们。"

我知道这是他们的一个念想，没再拒绝。

我到处游荡，没有目的地，主打随缘。吃过盒饭，也在便利店枯坐过整晚。住过很差的地方，没有热水的时候只能用冷水冲澡，天冷的时候，盖了被子还是冷，又没有多余的被子，只好裹着自己带的毯子，缩成一个圈窝在被子里。有一天醒过来天还没亮，肚子很饿，还是硬着头皮出发。终于到达海边，颤颤巍巍站立不住，有个陌生人给了我一个面包，说："吃吧。"

我问："你也是来等日出的吗？"

她点点头。

我不知道她叫什么名字，也不知道她来自哪里。

只记得日出时她拿着一张黑白照片，是一张合照。

抱歉我什么都说不出口，默默地看着她眼泪两行，然后她说："从今天开始，我要为自己好好活一遍。"

太阳照在我们身上，我心想，无论黑夜多漫长，天还是亮了。

我默默地看着那个放着钱的信封，心想该回去了。

回去第一时间找到老唐，把钱还给他，一分未动。

如果我在人生的道路上迷了路，也没什么可怕的。

因为我的身旁总有朋友陪着我，我永远有可以回去的地方。

二

我兜兜转转，见过最黑的夜，被黑夜吞没，在黑夜中分解，变成了黑暗的一部分。我看不到任何一点光，甚至有那么一刻感受不到自己的双手，我就这么在黑暗中坐了很久。脑海里闪过一个念头，如果此刻我消失，大概也没有人会知道。我本以为我会一直这么消沉下去，直到回忆里突然闪过朋友的脸，想起他们对我说的话。

我曾以为朋友越多越好，可真到了孤身一人的时候，你能想起的朋友也就那么几个。

我心想，是有多幸运，才能遇到这帮好朋友。

他们是我生命中的萤火虫，在最黑的夜里，我才能发现他们发着的光亮。

我太后知后觉了。

我爬起身来，摸索到窗边，天上的星星像是银河。

我们难过，我们跌倒，我们停在原地。前方一片迷雾，走几步就碰到荆棘。

那段时间，我们都活得不太像自己，我们觉得自己哪里都去不了。

我们执着于失去，将自己投入那个旋涡，眼睁睁看着自己不断下沉。

我想在我们失去的时候，常常忘了我们还拥有。

恋人分手，心想为什么那么多付出变成了泡沫；梦想破灭，心想那么多的努力去了哪里；亲人离世，哭干了所有眼泪直到没有情绪。直到时间推着你往前走，你才明白你应该为了自己，为了生命中的那些重要的人和事认真活一遍。

就在前不久，我收到了一张明信片。

上面写："谢谢你陪我走过最难挨的路，也许你不知道，那时你就是我深夜两点半的太阳。"

有人说卢思浩你这么能写文章，一定很会安慰人吧？

其实我不会，压根就不会。

朋友在我面前哭，我会手足无措，所有的词通通消失，剩下的都词不达意。

只是我也度过了很多让自己崩溃的时刻，终于找到了自处的方式。

失落时跑步，不想吃东西时逼自己好好吃一顿，哪怕一点也吃不下，找到一个自己的爱好，哪怕看不到任何前途。

当朋友开始难过，蹲在墙角哭泣的时候，我会准备好纸巾和墨镜。

让他哭一会儿，哭累了他想说话时听他说，等到他决定站起来往前走时，我会把墨镜给他戴上，不让别人看到他狼狈的样子。

如果你的朋友难受了，你就陪着。

陪着就好，不让他做什么傻事，当他情绪缓和了之后，你陪着他一起往前走。

当你难过的时候，我就陪着，用书本的方式。

就算你不经常看书了，没事，你就放在那里，难过了看一看，需要动力时看一看就好了。

三

我前阵子去了伊犁，去了赛里木湖，湖的对岸是若隐若现的雪山，身后是大片大片的草原。那天并不是晴天，也没有下雨，世界的颜色并不分明，反倒有属于自己的魅力。天不湛蓝，草不新绿，一切淡雅得刚刚好，像是一幅水墨画。

身边并没有太多游客。我本以为我一个人来这里，看到如此辽阔的景色，一定会觉得特别孤独，没想到我反而很自在，我在草坪上躺了会儿，看了会儿飞过的鸟儿，有风吹过我就闭上眼睛。戴着耳机，我待了很久。在目光所能及的尽头，只有几个跟我一样的旅人，我一方面觉得自己渺小，另一方面又觉得只有自己才可以决定自己的心情。

因为我并没有孤独感，反而感受到了一种前所未有的自由。

是的，我转眼就不是记忆里的那个少年了，身体早不如以往。

是的，生活有太多不如意，家人给的压力，生活的压力，工作的压力。有人表面笑嘻嘻背后捅刀子，有时你什么都没做错却被人排挤嘲笑。

原本以为幸福顺理成章，没想到不幸和烦恼也一同降临。偏偏在幸福之前我们要走过一段漫长的路，这条路总是比年少时想象的苦些。我说的苦并不是困苦，而是生活中总有持续不断的糟糕事烦恼着你，频繁又细微。

我原本以为生活的难，是一路过关斩将大战三百回合，却没想到生活的难，是在你过关斩将的同时，让你的武器生锈，让你的铠甲掉落，让你的马总是迷路。

我花了好几年时间，去了很多地方，见过很多种不同的生活，才终于能接受世界最大的公平，就是它对每个人都不公平。

这世上有千万种生活，是我们自己太在意别人的眼光，而忘了自己到底要哪一种。

四

那些感动我们的，从轰轰烈烈的爱情，变成看似平淡的亲情。我们不需要用长途奔袭来证明友谊，只要彼此幸福就好。陪伴也不是时刻在身边，而是想要说话的时候，有人在听就好。脱口而出的那些话都不见了，大概自己都觉得肉麻。承诺放在心底，梦想交给行动，并不想要全世界都知道。与之相对应的是，别人的认同也不再那么重要，只要自己喜欢，朋友支持就好。

朋友圈变得越来越窄，也越来越牢固，坚不可摧。

有时你甚至觉得，有这些朋友就够了，不用再多，也一个都不能少。

情绪平和了，感知也越来越细微，好在小事带来的挫败感能很快消化，那些大风大浪也能够勇敢面对。

真的难受到不行了，真的感觉到自己脆弱的那一刻，往往都是偷偷难过偷偷哭。只有在那些情绪泛滥的夜，才会找那么几个好朋友说话，而他们也都在用心地听。

我承认在最开始，我要的明天不是这样的。我想要一个轰轰烈烈、有人陪伴、追逐自由和热烈的明天，可到最后才发现我们要的明天，是内心的平和，这跟他人毫无关系。

我的一个好朋友，有段时间过得极其糟糕，我们都担心她撑不下去，突然有一天她开始健身，开始读书，开始对生活重拾热情。

后来她说："我想明白了，我要把浪费在其他地方的热情全部集中到自己身上，拼了命地变好。给别人的热情别人不要，我自己不能不要。开始很难熬，最后成了一种享受。那些以为放不下的、忘不了的，自然就放下了，忘了。"

你会找到你热爱的音乐，然后投入其中，单曲循环无数遍；你会有你热爱的事业，然后充满热情，不知不觉工作几小时；你会有喜欢的人，他是你的动力，让你每天起床都想更好一点。到最后，那些存在是否还在，也就没那么重要了，因为你会逐渐找到属于自己的动力，享受当下的每一刻。

在那之前，我会一直在这里，写着自己的故事，写着身边朋友的故事。或许有些对你有帮助，或许有些对你没有帮助。但我能做的，是告诉你这世上有人悲伤，有人痛苦，有人遍体鳞伤，有人深夜失眠，他们不一定都痊愈了，但他们在很努力地生活。

大多时候我们所面对的，是一个比我们宏大得多的东西。

我能做的，是给你一点点继续努力生活下去的勇气。

幸福不一定在前头，但糟糕的事情一直在你身后追赶着，你得往前跑，跑到它们都跟不上。

陪伴是我笃定的力量，那么这条路上，我陪你。

直到你找到你想要的那种生活。

往后如果你不再需要这本书了，我也觉得开心。

最后，祝你平平安安。

祝你早安午安晚安。

谢谢你读到这里。

后 记

YOU WILL BE HAPPY

路还很长，我们一起走

如果你能看到这里，那么，我们已经共同走完了这本书的旅程。

最后这一段，是属于作者的碎碎念，本来想着直接放在书的内文里，可想了想，还是放在这里最合适。

在增订这本书的过程中，我常常会被文字带回到从前，带回到最初的那几年。

那时候我还在堪培拉，找的住处很偏，最近的公交站，走得快的话，需要走将近十分钟。最近的便利店，需要沿着小路往另一个方向一路走下去。在内文中我写，堪培拉的森林覆盖率很高，我当时所住的地方，就像是在树林中开垦出来的，那条通往便利店的小路是那么狭窄，在走到路口之前，我总觉得自己像是在往树林的深处走去。

有一天天气很好，云很低，我走去便利店，买完东西，不知怎的，想着可以再多走一会儿，开拓下周围的风景。于是我沿着与家相反的方向继续往前走，又接连走过几个拐角，到了一座小小的山坡前。我不知道山坡后面有什么在等着我，但我还是决定向山坡后头走一走。我沿着别人走出的脚印，一点点向着山坡的最高处走去。这期间下起了小雨，我心情一下变得很糟，可既然走到了一半，雨也不算太大，我就决定继续向前走走看看。我看着山坡的顶点一点点向我靠近，我看到树枝和小草都在风中摇曳，我听到身旁的树叶被吹得直响，我看着自己的脚步一点点变得沉重。如今的我虽然能够回忆起这样的画面，却不记得是什么东西支撑着我依然向上走，只记得越过山坡的时候，我赫然发现了一片风景。

那是一片望不到头的草坪，草坪的前方是牛群，它们慢悠悠地吃着草，而一辆风车正在缓缓地转动。我站在山坡的这头，惊异地发现，那里没有下雨，阳光轻轻地洒在草坪上，让草坪的颜色看起来是那么崭新。抱歉我的语言能力是那么有限，没有办法把那片风景用更好的方式转述给你。

在那个瞬间，我脑海里突然有了写些什么的念头，只是那时候没有足够的能力，没有办法把心中的想法表达完整。在那之前，在失眠的夜里，我已经开始用文字来对抗时间了，只是在那一刻，我更加确信了，我是热爱着文字的。

后来的后来，我又路过了许多风景，却再也没有去过那座小山坡。事实上我离那里越来越远，在我能够预见的未来岁月里，我大概也没办法再见到那座山坡了。比起很多波澜壮阔的风景，比起那些巍峨的山峰，这座小山坡是那么平平无奇，但它对我却有一种特别的意义。它让我发觉，路过的每一条路都能让我看到什么，不一定是多么壮烈的，也不一定是多么美好的，却是我能够实实在在地感受到自我的。

如今的我又想起了那一片风景，终于可以把当时欠下的文字给补上，我当时的感受说起来很简单，那就是所有能让我们感受到自我的瞬间，就是足够好的瞬间，就是足够让我们继续前行的瞬间；所有依然能让我们感受到自我的东西，就是足够好的，就是足够重要的，就是值得保存下来的。

2023 年的 4 月 25 日，我去看了《灌篮高手》的电影版。

《灌篮高手》对于我这一代人，总有一些特别的意义，因为我们的童年时代的一部分，就是由它构成的。在后来的很多个想要放弃的瞬间，我都从这部作品中汲取了些许力量。我猜你的生命里一定也有类似的存在，那些横跨你青春的歌，那些你记忆犹新的台词，那些让你在低谷的时候，能够抓住的救生圈。

在看电影的过程中，我突然意识到，我比自己想象中还要激动。

在这之前，我已经很少再打开与《灌篮高手》相关的东西了，我也曾以为自己不会再因为这些青春时的热血而激动了。看完电影回到家，我打开了剧版《灌篮高手》的主题曲《直到世界终结》，前奏刚响起的时候，我恍惚间又看到了曾经的那个自己。然后我发觉，我依然能感受到这首歌对我的意义，我依然能够因此再往前迈进一步。

在听着这首歌的时候，我的手也跟着动了起来，写了这么一段：有时候我也觉得自己矛盾，一方面觉得自己的心变坚硬了，什么事都无所谓了，也不再那么坚信了；可另一方面却还是会被某些看似天真的、幼稚的、遥远的东西所打动。

大浪淘沙，曾经的许多都会逐渐远去，很多时候你都会觉得自己幼稚、矫情又很傻，恨不得那些回忆直接消失，那些关于青春的一切都不要想起。可是有些东西却始终没能远去，即使偶尔会被灰尘掩埋，依然会在某些时刻出现，召唤着你，让你再往前走一走。

文字在很多时候，就是吹走那些灰尘的风。

如果你跟我一样，都已过了一定年纪，经历过背叛和分道扬镳，也看过挫折和世事沧桑，却依然能被某些纯粹又易碎的东西所打动。那这就是你的命运，你的朋友，你的道路。

我的能力不够，没有办法把那些东西描述得更好，但我知道，你一定也在守护着这些继续前行。

每个人都必然有属于自己的闪着光的瞬间。

当然，这个瞬间与我们年少时所想象的不同，闪着光的这个瞬间，可能并不被世界所在意，甚至连你身边的朋友也几乎看不到。你只是在走路的时候，用力地挥了挥握紧的拳。

这个瞬间也必然很快就会过去，或许就是下一秒，生活的琐碎就接踵而来，没有给你任何庆祝的时间，也没有给你任何喘息的时间。

但那一秒，就是你生命无限延长的一秒。

体会那种感受，也记得自己走过的漫漫长路，以此为根基，继续走向下一个。

如此就好。

路还很长很远，但你我一起，一点点向前，去遇见那个不被世界所在意，却也足够重要的闪着光的瞬间，遇见那个看似没有任何变化，却也足够铭记的明天。

好啦，碎碎念到此结束（我是真啰唆啊）。

再一次感谢你读到这里。

这是真的结束啦，我们下段旅途再见。

请相信，你依然拥有前行的力量。

请相信，

你能够在前方的旅途里，

捕捉到独特的闪着光的东西。

愿你此去，前程似锦。

© 中南博集天卷文化传媒有限公司。本书版权受法律保护。未经权利人许可，任何人不得以任何方式使用本书包括正文、插图、封面、版式等任何部分内容，违者将受到法律制裁。

图书在版编目（CIP）数据

你要去相信，没有到不了的明天 / 卢思浩著．

长沙：湖南文艺出版社，2024.8. --ISBN 978-7-5726-1988-5

I. I267.1

中国国家版本馆 CIP 数据核字第 2024A3J225 号

上架建议：畅销·文学

NI YAO QU XIANGXIN，MEIYOU DAO BU LIAO DE MINGTIAN
你要去相信，没有到不了的明天

著　　者：卢思浩
出 版 人：陈新文
责任编辑：匡杨乐
监　　制：毛闽峰
策划编辑：陈　鹏
特约编辑：赵志华
营销编辑：宋静雯　刘　珣　焦亚楠
装帧设计：梁秋晨
封面插图：AKINA
内文插图：TCseeuLater
出　　版：湖南文艺出版社
　　　　　（长沙市雨花区东二环一段 508 号　邮编：410014）
网　　址：www.hnwy.net
印　　刷：北京嘉业印刷厂
经　　销：新华书店
开　　本：875 mm × 1230 mm　1/32
字　　数：232 千字
印　　张：8.5
版　　次：2024 年 8 月第 1 版
印　　次：2024 年 8 月第 1 次印刷
书　　号：ISBN 978-7-5726-1988-5
定　　价：49.80 元

若有质量问题，请致电质量监督电话：010-59096394
团购电话：010-59320018